KB112842

라흐 뒤 프루콩 드 네주
말하자면 눈송이의 예술

라흐 뒤 프루콩 드 네주
말하자면 눈송이의 예술

박정대 시집

민음의 시 293

민음사

예술의 고아
리산, 강정, 옥, 함타이치, 키용-희 드 엄
매혹의 시인 장드파 리 강
떠돌이 가객 새드앙에게

세상의 예술가는 모두 고아지

『L'art du flocon de neige
말하자면 눈송이의 예술』을
밀서처럼 전하며

이것은 일테면 사랑과 혁명의 기술
시를 향해 달려가는 한 마리 고독의 말

이 시집의 모든 말들은
눈송이의 결정으로부터 왔다

시는 눈송이의 예술이었다

손에는 담배를, 탁자에는 찻잔을
그 외 나머지는 모두 우리의 내면에 있다
— 빅토르 최

시는 일종의 시적 파업 상태에 있다

눈이 폭설이 사랑과 혁명이
그대의 시선으로부터
일종의 파업 상태에 있듯이

언어는 말하자면
멀리 떨어진 가장 가까운
눈송이로부터 온다

2020년 겨울~2021년 가을
장드파리 강

차 례

시는 일종의 시적 파업 상태에 있다

지구라는 행성을 오래 바라본 적이 있다
영화의 기본 구조가 지구의 자전이라면
시의 기본 구조는 지구의 공전이다

예술가는 일종의 사회적 파업 상태에 있다

눈의 이름

걸어가는 쪽으로 눈은 내린다
눈을 바라보고 눈과 악수하며 걸어가는 쪽으로
눈은 내린다, 눈은 처음 보는 낯선 행성
허공을 떠돌던 영혼들이 만나 이룩한
따뜻한 결사의 대륙
처음 보는 지도처럼 눈은 내린다
허공을 가로지르며 내려와 지상에 안착하는
신생의 대륙, 누군가 말을 타고 달리며 호명하던
그리운 이름들, 눈이 되어
어깨동무하고 내리는데
걸어가는 쪽으로 내리던 눈은
다시 돌아오는 쪽으로도 내린다
지금은 귀환의 시간
먼 곳에서 절뚝이며 걸어오던 시간이
고개를 들어 눈의 영토를 바라보는 시간
눈 속으로 내리는 또 다른 눈이
하염없이 삶의 속살을 고백하는 시간
걸어가는 쪽으로 눈은 내린다
걸어갔다 돌아오는 쪽으로도 눈은 내린다

지금은 처음 보는 지도가 허공 가득 펼쳐져
누군가 고요히 촛불을 켜고
눈의 소리를 듣는 시간
눈의 이름을 묻는 시간

존재의 세 가지 거짓말

태어난다는 것

산다는 것

죽는다는 것

그러나 이 세 가지 거짓말을 다 덮을 수 있는 마지막 아름다운 거짓말

누군가를 사랑한다는 것

나의 슬픔은 세상과 무관하고
그대의 슬픔은 나를 울리지 못하니

한 걸음씩 걸어갈 때마다
발끝에 차이는 것들
그대가 한숨을 쉴 때마다
떨어지는 낙엽들
눈은 내리고 바람은 부나니
바람은 불고 눈은 또 밤새 내리나니

톰 웨이츠를 듣는 좌파적 저녁
— 네 노래를 듣는 저녁에는 왼쪽 허리가 아팠고
네 노래가 끝난 아침에는 좌측 심장이 아팠다

아픈 왼쪽 허리를 낡은 의자에 기대며 네 노래를 듣는 좌파적 저녁

기억하는지 톰, 그때 우리는 눈 내리는 북구의 밤 항구 도시에서 술을 마셨지

검은 밤의 틈으로 눈발이 쏟아져 피아노 건반 같던 도시의 뒷골목에서 톰, 너는 바람 냄새 나는 차가운 목소리로 노래를 불렀지

집시들이 다 그 술집으로 몰려왔던가

네 목소리엔 집시의 피가 흘렀지, 오랜 세월 길 위를 떠돈 자의 바람 같은 목소리

북구의 밤은 깊고 추워 노래를 부르는 사람도 노래를 듣던 사람도 모두 부랑자 같았지만 아무렴 어때 우리는 아무 것도 꿈꾸지 않아 모든 걸 꿈꿀 수 있는 자발적 은둔자였지

생의 바깥이라면 그 어디든 떠돌았지

시간의 문 틈새로 보이던 또 다른 생의 시간, 루이 아말
렉은 심야의 축구 경기를 보며 소리를 질렀고 올리비에 뒤
랑스는 술에 취해 하염없이 문 밖을 쳐다보았지

삶이란 원래 그런 것 하염없이 쳐다보는 것 오지 않는
것들을 기다리며 노래나 부르는 것

부랑과 유랑의 차이는 무엇일까

삶과 생의 차이는 무엇일까

그때나 지금이나 우리는 여전히 모르지만 두고 온 시간
만은 추억의 선반 위에 고스란히 쌓여 있겠지

죽음이 매 순간 삶을 관통하던 그 거리에서 늦게라도 친
구들은 술집으로 모여들었지

양아치 탐정 파올로 그로쏘는 검은 코트 차림으로 왔고 콧수염의 제왕 장드파는 콧수염을 휘날리며 왔지

움직이는 모든 것들이 시였고 움직이지 않는 모든 것들의 내면도 결국은 시였지

기억하는지 톰, 밤새 가벼운 생들처럼 눈발 하염없이 휘날리던 그날 밤 가장 서럽게 노래 불렀던 것이 너였다는 것을

죽음이 관통하는 삶의 거리에서 그래도 우리는 죽은 자를 추모하며 죽도록 술을 마셨지

밤새 눈이 내리고 거리의 추위도 눈발에 묻혀 갈 즈음 파올로의 작은 손전등 앞에 모인 우리가 밤새 찾으려 했던 것은 생의 어떤 실마리였을까

맥주 가게와 담배 가게를 다 지나면 아직 야근 중인 공장 불빛이 빛나고 다락방에서는 여전히 꺼지지 않은 불빛

아래서 누군가 끙끙거리며 생의 선언문 초안을 작성하고 있었지

누군가는 아프게 생을 밀고 가는데 우리는 하염없이 밤을 탕진해도 되는 걸까 생각을 하면 두려웠지 두려워서 추웠지 그래서 동이 틀 때까지 너의 노래를 따라 불렀지

기억하는지 톰, 그때 내리던 눈발 여전히 내 방 창문을 적시며 아직도 내리는데 공장의 불빛은 꺼지고 다락방의 등잔불도 이제는 서서히 꺼져 가는데 아무도 선언하지 않는 삶의 자유

끓어오르는 자정의 혁명, 고양이들만 울고 있지

그러니까 톰, 그때처럼 노래를 불러 줘, 떼 지어 몰려오는 눈발 속에서도 앙칼지게 타오르는 불꽃의 노래를

그러니까 톰, 지금은 아픈 왼쪽 허리를 낡은 의자에 기대며 네 노래를 듣는 좌파적 저녁

* 담벼락에 쭈그리고 앉아 담배를 피우는 톰 웨이츠를 보자마자 이번 시집의 제목을 『톰 웨이츠를 듣는 좌파적 저녁』으로 결정했소, 시집에 묶인 다른 시들도 나의 결정에 동의할 거라 생각하오

(추신) '라흐 뒤 프루콩 드 네주 L'art du flocon de neige'라니! 나흘 뒤 푸른 콩들 내주? 검정 콩 푸렁 콩을 주마! '라흐 뒤 프루콩 드 네주'와 '눈 송이의 예술' 사이로 밤새 눈이 내릴 때 아름다운 노래는 일테면 누군가의 잠든 영혼을 일깨우는 침묵의 맑은 종소리, 한밤중에 깨어난 누군가 말을 타고 다시 석 달 열흘 눈 내리는 고독의 깊은 밤으로 떠나는 소리, 누군가 눈의 이름을 묻는 소리, 눈이 대답하는 소리, 그러니 웨이츠 형, 기다리시오 아직은 때가 아니오

대관령 밤의 음악제
— 오, 브이 포 벤데타

누군가는 끝없이 밤을 안고 태어난다

「브이 포 벤데타」의 사운드트랙은 아스트랄 베르크스 음반이 2006년 3월 21에 발매했다

앨범 트랙들의 대부분은 영화 작곡가 다리오 마리아 넬리의 오리지널 배경 음악들로 채워져 있다

또한 사운드트랙에는 영화 중에 연주된 노래 세 곡, 줄리 런던의 「Cry Me a River」, 캣 파워의 「I Found a Reason」, 안토니 앤 더 존슨즈의 「Bird Gerhl」이 실려 있다

이 노래들은 영화의 세계관에서 블랙리스트에 오른 872개 노래들 중 일부로 브이의 월리처 주크박스에 수록되어 있는 곡이다

차이콥스키의 「1812년 서곡」(1812 Overture) 클라이맥스는 마지막 곡인 「Knives and Bullets (and Cannons too)」트랙의 끝부분에서 나타난다

1812년 서곡은 영화의 시작과 끝이라는 핵심 부분에서 연주되었다

벤데타vendetta라는 말은 원래 이태리어에서 나왔다고 하는데 증오의 대상이 되는 상대를 오랜 기간 끈질기게 무너뜨리는 핏빛 대결을 의미한다

*

보라Voilà! 모습이view 겸손한 보드빌vaudevillian 베테랑 veteran인지라 운명의 장난vicissitudes에 따라 피해자victim 나 가해자villain의 역할vicariously을 맡고, 이 모습visage은 덧없는vanity 겉치레veneer가 아닌, 이제는 사라진vanished 공허한vacant 민중의 소리vox populi의 자취vestige라

그러나, 이 되살아난vivified 과거의 원통함vexation에 대한 용감한valorous 천벌visitation, 그리고 악vice의 선봉 vanguarding에 선 이 썩고venal 유해한virulent 버러지들

vermin을 패배시키고vanquish, 폭력적인violently 잔인함 vicious과 탐욕적인voracious 침입violation을 하사vouchsafing 할 의지volition를 맹세vowed하나니!

유일한 판결verdict은 복수vengeance뿐, 가치value와 진실veracity을 위해 신에게 축원하는votive, 헛되지vain 않은, 언젠가 조심성 있고vigilant 고결한virtuous 자들을 해방 vindicate시킬 피의 복수vendetta

허허허, 허허

아무래도Verily, 쓸데없이 긴 말들verbiage의 비시수아즈 vichyssoise 수프에 너무 장황verbose하게 빠졌었군veers, 이쯤하고 간단히 덧붙이자면 자네를 만나 정말 영광일세, 브이라고 부르게

브이가 이비를 처음 만났을 때 두운을 맞춰 혼자 늘어놓은 말들을 듣다 보면 나도 운율에 맞춰 시를 쓰고 싶어진다

*

영화도 만화책과 비슷하게 글자 V와 숫자 5가 반복되는 테마로 이용되었다(37)

가령 브이가 이비를 처음 만났을 때 늘어놓은 소개말에서는 V로 시작하는 50개의 단어가 두운을 맞춰 열거되어 있고 문자 V 자체로는 54개가 나온다

이비가 브이에게 자기 이름을 말하자 브이는 "이……브이 E……V"라고 느릿느릿 반복하는데 E는 알파벳의 다섯 번째 문자이다

라크힐에 구류되어 있던 동안, 브이는 V번, 즉 로마 숫자의 5번 방에 갇혀 있었고 이비가 거짓 투옥을 당했을 때도 5번 방이었다

브이의 서명은 조로가 칼자국으로 Z를 남기는 것처럼

칼로 V자를 그리는 것이다

중앙 형사 재판소가 폭파될 때 불꽃놀이의 불꽃이 붉은 색의 V 모양을 만든다

둥근 불꽃이 더해지면 불꽃의 모양은 V 모양뿐 아니라 브이 포 벤데타 로고와도 닮았다

브이의 좌우명인 "진실의 힘으로 살면서 우주를 정복한다"는 원래 라틴어 "비 베리 베니베르숨 비부스 비키(Vi Veri Veniversum Vivus Vici)"로, 5개의 V가 들어가 있다(주7)

이비와 춤 출 때 브이가 고르는 노래는 주크박스의 5번 노래이다

사실 모든 노래들의 넘버가 5번이다

크리디의 집에서 크리디와 대결할 때 브이가 틀어 놓은 음악은 「운명 교향곡」 즉, 베토벤 5번 교향곡으로 이 노래

의 초반부의 리듬 패턴은 모스 부호의 V(····–)와 닮았다
(27)(28)

영화의 제목 자체도 브이 사인을 연상하게 한다(38)(39)

브이는 붕괴의 밤을 기다리면서 검은색과 붉은색의 도미노로 복잡한 패턴을 만들고 도미노가 다 쓰러지고 나자 V 로고 모양이 나타난다

크리디와 그 부하들과 벌인 최후 결전은 런던 지하철 빅토리아역(주8)에서 벌어졌고 이때 브이는 6개의 단검 중 5개를 사용하며 단검을 던지기 직전 단검으로 V 모양을 만든다

브이가 부하들을 다 죽이고 나서, 크리디는 브이에게 리볼버를 다섯 발 쏜다

싸움이 끝난 뒤, 치명상을 입은 브이는 역을 떠나면서 벽에 부딪치는데 이때 V 모양의 핏자국이 생긴다

브이와 크리디의 싸움이 끝나자 빅벤이 11시 5분을 가리키는데 이때 시침과 분침의 모양이 V 모양이다, 11월 5일을 연상하게 한다

국회의사당이 폭파될 때의 불꽃놀이도 V 모양이자 무정부주의의 상징인 Circle-A가 뒤집힌 모양을 만든다(40)

*

「브이 포 벤데타」는 브이의 역사적 영감을 화약 음모 사건으로 설정했는데 이는 브이가 행동하는 타이밍과 말, 모습에 상당 영향을 미쳤다(6)

가령, 록우드, 퍼시, 키에스 같은 화약 음모 사건 공모자들의 이름이 영화에서 사용된다

또한 브이와 에드몽 당테스를 직접적으로 비교하면서 알렉상드르 뒤마의 『몬테크리스토 백작』과도 평행선을 긋는

다(29)(30)(31)

영화는 브이의 과거를 이야기하지 않고 얼굴과 정체도 공개하지 않음으로 노골적으로 브이를 한 개인이라기보다 신념의 화신, 집합체로 묘사한다

이 가면의 뒤에는 그냥 살점 이상의 것이 있다, 이 가면의 뒤에는 신념이 있지, 크리디. 그리고 신념은 그 어떤 총알도 뚫을 수가 없지 (주5)(32)

*

2034년, 대영제국은 극우 노스파이어 정권이 지배하는 전체주의 국가가 되었다

BTN 방송국에 근무하는 젊은 여성 이비 해몬드는 통금 시간을 어겼다가 비밀경찰들에게 강간을 당할 뻔한다

이비는 브이라고 하는 마스크를 쓴 자에 의해 구출되고

브이에 의한 중앙 형사 재판소 올드 베일리 폭파를 목격한다

독재 정부에서는 이 사건을 국민들에게 긴급 건물철거라고 거짓 발표하지만 브이가 BTN 방송국을 점거하고 방송을 내보내어 거짓말인 것이 들통나고 만다

11월 5일, 그는 1년 뒤 이날 자신이 영국 국회의사당을 파괴할 것이며 그때 영국 국민들은 포악한 정부에 맞서 봉기하라고 선동하는 메시지를 내보낸다

이비는 브이가 탈출하도록 돕지만 이로 인해 위험에 처하게 된다

브이는 이비를 구해 주고 고문당하는 것을 막아 주기 위해 이비를 자기가 사는 그림자 화랑으로 데려온 뒤 자신과 함께 숨어 있게 한다

브이가 정부 관료들을 살해하고 있다는 것을 알게 된 이

비는 릴리맨 살해에 가담하는 척하다가 BTN 상사인 텔레비전 스타 고든 디트리히의 집으로 도망간다

고든이 정권을 풍자하는 코미디를 제작해 방송하자 크리디와 비밀경찰들이 고든의 집을 급습해 쿠란을 가지고 있었다는 죄목으로 고든을 잡아간다

도망가던 이비도 붙잡혀 수일 동안 감금되고 고문당한다

그 와중에 그녀의 긴 장발은 수용소 스타일의 머리로 삭발되고 만다

다른 죄수 발레리가 남긴 쪽지에서 위안을 얻고 있던 이비는 브이의 은신처를 말하지 않으면 처형될 것이라는 심문에 차라리 죽겠다고 대답한다

그런데 그 말을 하자마자 이비는 석방되고 이비는 이 모든 것을 브이가 꾸몄다는 것을 알게 된다

브이는 그것이 이비를 파시스트 정권의 공포에서 자유롭게 해주기 위해서였다며 "공포를 느끼지 않을 때만 자유로워 질 수 있다"(주1)라고 말한다

그로부터 얼마 후, 이비는 11월 5일 이전에 돌아오겠다고 약속하고 브이를 떠난다

고든의 비밀 방에 있던 깃발, 고든은 브이와 마찬가지로 정부가 금지한 예술품들을 몰래 모으고 있었다

브이의 탄생에 대한 조사를 하던 핀치 경감은 어떻게 노스파이어 당이 권력을 얻게 되었는지 알게 된다

14년 전, 영국은 전쟁과 테러리즘으로 고통받고 있었다

파시스트였던 보수적 정당 노스파이어 당은 질서의 부흥을 위해 숙청에 앞장섰고 국가의 적으로 규정된 무슬림, 흑인, 동성애자, 레즈비언, 공산주의자 등은 비밀경찰에 의해 밤새 납치되었던 것이다

영국은 바이오테러리스트 공격이 발생해 약 8만 명의 사람들이 사망했을 때까지 '자유의 상실'에 대한 의견이 갈라져 있었다

그러나 테러 공격을 계기로 국가 체제를 전체주의로 전환했고 그것을 주도한 아담 서틀러는 대법관이 된다

사실 이 바이러스는 라크힐 강제 수용소에서 사회 부적응자들과 정치적 반대파들에 대한 무시무시한 생체 실험으로 노스파이어 당이 권력을 얻기 위해 일부러 만들어 낸 것이었다

브이 역시 수용소에 갇힌 죄수들 중 하나였으나 생체 실험으로 죽지 않고 오히려 그로 인해 정신적, 신체적 능력이 고양되었던 것이다

결국 브이는 수용소를 파괴하고 탈출해 노스파이어 정권에 복수할 것을 결심한다

브이가 예고한 11월 5일이 다가오고 브이의 계획은 영국을 카오스 상태로 만든다

브이가 런던 전역에 가이 포크스 가면을 배달한 것이다

가면을 쓰고 놀던 어린아이가 비밀경찰의 총에 맞아 죽고 사람들은 폭발한다

11월 4일, 이비는 브이를 다시 찾아오고 브이는 이비에게 폭발물로 가득 채운 열차를 보여 준다

브이의 최종 계획은 버려진 런던의 지하철을 이용해 국회의사당을 날려 버리는 것이었다

브이는 궁극적인 결정은 자신이 내릴 수 없다며 국회의사당 파괴의 선택을 이비에게 맡긴다

이비는 떠나지 말라고 브이를 설득하며 그에게 키스하지

만 브이는 자신은 머무를 수 없다고 대답한 뒤 크리디 당수를 만나러 떠난다

브이와 크리디는 이전에 브이가 항복하면 그 대가로 서틀러 대법관을 브이에게 넘겨주겠다고 약속한 바 있었는데 버려진 지하철역에 서틀러를 끌고 나타난 크리디는 브이의 앞에서 서틀러를 죽이지만 브이는 항복하지 않고 오히려 크리디와 그 부하들을 죽인다

마지막 싸움에서 치명적인 부상을 입은 브이는 이비에게 돌아온다

브이는 이비를 사랑했으며, 고맙다는 말을 남기고 죽는다

이비는 브이의 시체를 폭발물들과 함께 열차 안에 눕힌다

이비가 열차를 출발시키려 할 때 핀치 경감이 나타난다

그러나 브이에 대한 조사를 하던 중 노스파이어 정권의

부패와 타락을 목격한 핀치는 이비를 막지 않는다

한편, 가이 포크스 가면을 쓴 런던 시민 수천 명이 국회의사당으로 행진한다

시민들 사이에는 죽은 사람들, 즉 비밀경찰에게 죽은 어린아이, 발레리의 회상 장면에서 나온 게이들, 이비의 부모, 라크힐에서 브이의 옆방에 수감되어 있던 레즈비언 발레리와 그 파트너 루스, 그리고 고든 디트리히의 모습이 보인다

크리디와 서틀러가 죽었기 때문에 군인들은 시민들을 막지 못한다

차이콥스키의 「1812년 서곡」이 흐르는 가운데 이비와 핀치는 옥상 위로 올라간다

곡이 클라이맥스에 달하고 국회의사당은 대폭발을 일으키며 무너진다

가까운 옥상에서 이비와 핀치는 함께 그 장면을 보고 있다가 핀치가 갑자기 이비에게 브이가 누구였는지 묻는다

이비는 대답한다

그는 에드몽 당테스였어요, 그리고 내 아버지였고, 내 어머니였고, 내 오빠였고, 내 친구였고, 형사님이었고, 나 자신이었으며, 그는 결국 우리들 모두였어요(주2)

*

「브이 포 벤데타」는 영국의 런던과 독일 포츠담의 바벨스 버그 스튜디오에서 촬영되었다

영화의 상당 부분은 사운드 스테이지와 실내 촬영 세트에서 촬영되었는데 그 중 베를린에서 작업한 부분은 노스파이어의 집회 회상신, 라크힐, 릴리먼 주교의 침실, 이렇게 세 장면이었다

버려진 런던 지하철 장면은 폐역이 된 알드위치 지하철 역에서 촬영한 것이다(15)

「브이 포 벤데타」는 촬영기사 에이드리언 비들이 촬영한 최후의 영화가 되었다

비들은 2005년 12월 7일에 심장 발작으로 사망했다

영화는 복고 미래풍으로 디자인되었고 전체주의 런던의 침체되고 음산한 느낌을 주기 위해 회색 톤을 주로 사용했다

사용된 세트들 중 가장 큰 세트는 그림자 화랑으로 토굴과 언더크로프트(지하 또는 반지하의 둥근 천장의 방)의 중간 느낌을 주도록 제작되었다(19)

그림자 화랑은 브이의 은신처이자 국가에 의해 금지된 각종 예술품들을 저장해 놓은 곳이기도 하다

그림자 화랑에 있는 예술품으로는 얀 반 에이크의 「아르놀피니 부부의 초상」, 티치아노의 「바쿠스와 아리아드네」, 누아르 영화 「밀드레드 피어스」의 포스터, 장드파의 영화 「그러니 눈발이여, 지금 이 거리로 착륙해 오는 차갑고도 뜨거운 불멸의 반가사유여, 그대들은 부디 아름다운 시절에 살기를」의 포스터, 안드레아 만테냐의 「성 세바스티안」, 존 윌리엄 워터하우스의 「샬롯 아가씨」, 알베르토 자코메티의 조각상 등이 있다

*

공연이 끝났다 무대의 불이 꺼지고 등장인물들이 퇴장하자 누가 장면 전환을 한 것도 아닌데 무대가 바뀌었다

산골 극장에 다시 불이 켜진다

예고에 없던 또 다른 공연이 시작되려나보다

헤매는, 방랑하는 페레그린 씨가 사회를 보고 있다

페레그린 씨가 사회를 보자 시공간의 이동이 자유로워지며 현실과 환상이 뒤섞이고 무대장치는 따로 필요 없다

시라노 드 베르쥬라크가 그의 친구 레가노에게 아름다운 시를 읊어 주고

보들레르 아저씨는 자전거를 타고 시골길을 달려 읍내로 술을 마시러 가고 있다

스웨터를 수선해 고쳐 입은 불란서 고아가 밤의 도서관을 빠져나와 몽파르나스의 뒷골목을 쏘다닐 때

모딜리아니는 한밤중 파리의 채석장에서 돌을 훔치고

숲으로 난 오솔길을 따라 행랑을 매고 걷던 톰 웨이츠는 어느새 말끔한 양복으로 갈아입고 에즈라 파운드가 운영하는 중국식당에서 배갈을 마시고 있다

퓌르스탕베르광장의 다락방을 빠져나온 장드파는 오늘
도 몽파르나스 쪽으로 산책을 시작하고

불란서 고아들이 자꾸만 대관령 밤의 음악제로 몰려드
는 이상한 밤이다

이 공연을 끝까지 지켜보면 어쩌면 불란서 고아의 음악
을 들을 수도 있을 것 같다

파리의 지하수염이라는 이상한 이름을 가진 사람은 아
까부터 누군가와 진지한 이야기를 주고받고 있다

의열이란 소리를 들은 것도 같다

아무도 몰랐던 아름다움이 새로운 아름다움을 구축하
고 있는 밀생의 밤이다

고독과 침묵이 이토록 격렬하고 치열한 것이었다니 밤은

참 깊고도 아름답다

깊고도 아름다운 밤을 시로 써서 무엇하랴

떨어지는 꽃잎을 흘러가는 강물을 쏟아지는 눈발을 굳이 시로 써서 무엇하랴

*

[각주]

내용주

1. 원어: "Only when you have no fear are you free"
2. 원어: "He was Edmond Dantes, and he was my father, and my mother, my brother, my friend, he was you, and me, he was all of us"
3. 원어: Remember, remember the 5th of November
4. 원어: "······This is no simple reform······It really is a

revolution. Sex and race, because they are easy and visible differences, have been the primary ways of organizing human beings into superior and inferior groups……"

5. 원어: Beneath this mask there is more than flesh…… Beneath this mask there is an idea, Mr. Creedy, and ideas are bulletproof

6. Strength through Unity. Unity through Faith: 원작 그래픽 노블에서는 "청렴을 통해 힘을, 믿음을 통해 청렴을 Strengt through Purity, Purity through Faith"이다

7. 베니버섬Veniversum은 U로 시작하는 말이지만, 고대 라틴어에서는 U가 V로 쓰였다

8. 원작 만화에서는 이점이 더욱 강조되었다. 브이를 찾아다니던 핀치가 폐쇄된 빅토리아역의 입구로 V자 모양의 그림자가 지는 것을 보고 빅토리아역으로 뛰어들어 브이를 죽인다

9. 이 메시지는 브이의 해킹 때문에 나타난 것이다. 브이는 운명을 직접적으로 "수잔의 아내"라고 부른다(61)

참조주

1. "V for Vendetta (2006)". 《boxofficemojo.com》. 2006년 10월 2일에 확인함.

2. 《씨네21》 http://www.cine21.com/Movies/Mov_Movie/movie_detail.php?id=10811

3. MDL http://www.mydvdlist.co.kr/mdlkth/movie/movie.asp?moviecode=25265

4. "James Purefoy Quit 'V for Vendetta' Because He Hated Wearing The Mask". 《starpulse.com》. 2006년 4월 7일에 확인함.

5. 제니퍼 바인야드. "Rebels without a pause. Portman and Weaving fight the power in V for Vendetta". 《MTV.com》. 2006년 5월 3일에 확인함.

6. "Production Notes for V for Vendetta". 《official webpage》. vforvendetta.com. 2006년 4월 14일에 확인함.

7. 골드스타인, 힐러리(2006년 3월 17일). "V for Vendetta: Comic vs. Film". IGN.com. 2007년 1월 13일에 확인함.

8. 리베카 머리. "Natalie Portman and Joel Silver Talk

About 「V for Vendetta」. About.com. 2007년 1월 4일에 확인함.

9. "V for Vendetta Press Footage". Warner Bros. 2006년 4월 30일에 확인함.

10. 제이컵슨, 커트. "V for Vendetta — Graphic Enough?". Logos Journal. 2007년 1월 13일에 확인함.

11. 번, 폴. "The Rea Thing". 《eventguide》 (InterArt Media). 2006년 5월 13일에 확인함.

12. 우티치, 조 (2006년 3월 20일). "Exclusive Interview with Stephen Fry — V for Vendetta". 필름포커스. 2007년 1월 4일에 확인함.

13. "V for Vendetta: A Brave, Bold Film for Gays and Lesbians". 《afterellen.com》. 2006년 4월 6일에 확인함.

14. 라이몬도, 저스틴 (2006년 4월 5일). "Go See V for Vendetta". Antiwar.com. 2007년 1월 4일에 확인함.

15. "V for Vendetta news" (dmy). 《vforvendetta.com》. Warner Brothers. 2006년 3월 31일에 확인함.

16. "Production Notes for V for Vendetta". 《official webpage》. vforvendetta.com. 2006년 4월 14일에 확인함.

17. Johnston, Rich (2005년 5월 23일). "MOORE SLAMS V FOR VENDETTA MOVIE, PULLS LoEG FROM DC COMICS". comicbookresources.com. 2006년 1월 3일에 확인함.

18. MacDonald, Heidi (2006년 3월 15일). "A FOR ALAN, Pt. 1: The Alan Moore interview". GIANT Magazine. 2007년 1월 3일에 확인함.

19. "V for Vendetta Unmasked" (TV-Special). United States: Warner Bros. 2006. 필요 이상의 변수가 사용됨: |출판사= 및 |distributor= (도움말)

20. "V for Vendetta — About the production". 《Official Website》. 2007년 1월 4일에 확인함.

21. "How E got the V in Vendetta". The Guardian. 2006년 3월 23일. 2006년 5월 13일에 확인함.

22. 정, 유미 (2006년 3월 15일). "[기획] 알고 보면 더 재밌다「브이 포 벤데타」".《맥스무비》. 2009년 8월 7일에 확인함.

23. "Berlin Press Conference 2". Warner Bros. 2009년 8월 12일에 확인함.

24. C Is for Controversy | Columns | SCI FI Weekly

25. "Natalie Portman's 'V for Vendetta' Postponed". sfgate. com. 2006년 4월 25일에 확인함.

26. "V for Vendetta (2006)". 《boxofficemojo.com》. 2006년 5월 6일에 확인함.

27. Moore, Alan; David Lloyd (2008년 12월). 정지욱, 편집. 『V for Vendetta』 정식 한국어판. 시공사, DC 코믹스. 59쪽 쪽. ISBN 1401207928. "이건 베토벤 5번 교향곡인데……. 빠바바밤—! 흐음……. 저건 모스 부호야. 알지? 응. 알파벳 브이를 뜻하는 모스 부호라고"

28. "Newswatch 1940s". 《news.bbc.co.uk》. 2006년 11월 21일에 확인함.

29. Andersen, Neil. "V for Vendetta". 《CHUM. mediaeducation.com》. 2007년 1월 20일에 확인함.

30. Peterman, Eileen (2006년 4월 9일). "V for Vendetta (R)". BoxOfficeCritic.com. 2007년 1월 20일에 확인함.

31. Suprynowicz, Vin (2006년 4월 2일). "VIN SUPRYNOWICZ: I wanted to like 'V for Vendetta'". BoxOfficeCritic.com. 2007년 1월 20일에 확인함.

32. Spoken by V's character, in his final confrontation with

Sutler

33. Ebert, Roger. "V for Vendetta". 《rogerebert.suntimes.com》. 2006년 3월 16일에 확인함.

34. Stein, Ruthe (2006년 3월 16일). "In 'Vendetta,' disastrous U.S. and British policymaking gives rise to terrorism — what a shocker". 《sfgate.com》. 2006년 1월 4일에 확인함.

35. Travers, Peter. "V for Vendetta". 《rollingstones.com》. 2007년 1월 3일에 확인함.

36. Chocano, Carina. "'V for Vendetta'". 2006년 3월 17일에 확인함.

37. Boudreaux, Madelyn (2004년 8월 13일). "An Annotation of Literary, Historic, and Artistic References in Alan Moore's comic book, V for Vendetta". Madelyn Boudreaux. 2007년 1월 4일에 확인함.

38. Skinn, Dez. "CI #181: Special Web Preview of V FOR VENDETTA". 《qualitycommunications.com》. 2007년 1월 4일에 확인함.

39. Moore, Alan; David Lloyd (2005년 11월). 《V for

Vendetta》. DC 코믹스. Inside Cover쪽. ISBN 1401207928.

40. "A for Anarchy, E for Execution". 《lewrockwell.com》. 2006년 11월 21일에 확인함.

41. "'V' for (international) victory". 보스턴 헤럴드. 2006년 3월 22일에 확인함.

42. "V for Vendetta Posts Strong IMAX Opening". 《vfxworld.com》. 2006년 3월 22일에 확인함.

43. "V for Vendetta (2006)". 《rottentomatoes.com》. 2006년 4월 6일에 확인함.

44. "V for Vendetta". 《atthemovies.com》. 2006년 4월 23일에 확인함.

45. 장, 재일. "홍성진 영화해설". 네이버 영화. 2009년 8월 5일에 확인함.

46. 로스, 조너선. "Jonathan on... V for Vendetta". 《BBC》. 2006년 4월 23일에 확인함.

47. 번스, 숀. "V for Vendetta". 《PW》. 2007년 7월 28일에 확인함.

48. 게린, 해리. "V for Vendetta". 《rte.ie》. 2006년 4월 23일에 확인함.

49. 데이비드 S. 코언. "'Superman' tops Saturns". 버라이어티. 2007년 5월 11일에 확인함.

50. 앨런 무어; 데이비드 로이드. 「BOOK ONE 지배 뒤의 유럽」. 『브이 포 벤데타』. 시공사. 9쪽, "좋은 밤입니다, 런던. 저녁 9시. 중파 275, 285Hz로 방송되고 있는 '운명의 목소리'입니다. 오늘은 1997년 11월 4일."

51. 앨런 무어; 데이비드 로이드. 「BOOK ONE 지배 뒤의 유럽」. 『브이 포 벤데타』. 시공사. 28쪽, "그들이 런던으로 행군해 들어왔던 게 기억나요. …사람들은 환호했어요."

52. 앨런 무어; 데이비드 로이드. 「BOOK ONE 지배 뒤의 유럽」. 『브이 포 벤데타』. 시공사. 10쪽, "…저기…, 저어…. 저랑 자고 싶지 않으세요? 음…. 그러니까…. 돈을 내고요."

53. 앨런 무어; 데이비드 로이드. 「BOOK TWO 이 잔혹한 카바레」. 『브이 포 벤데타』. 시공사. 96쪽, "어, 알죠? 당신이 나랑은 절대로 잠자리를 함께하지 않는 거라거나…."

54. 앨런 무어; 데이비드 로이드. 「BOOK THREE 마음대로 하는 나라」. 『브이 포 벤데타』. 시공사. 210쪽~211쪽, "놈의 머릿속에 들어가야만 해. 그자가 생각하는 방식대로 생각해야 한다고. ……바로 그게 불편하다는 거야. ……리

이서직 애시드 다이틸레마이드. 표준 복용량은 200마이크로그램이라는데 내가 그걸 어떻게 재지? …… 네 알. 이거면 충분할지 궁금하다. 아니면 너무 많으려나?"

55. 앨런 무어; 데이비드 로이드. 「BOOK THREE 마음대로 하는 나라」. 『브이 포 벤데타』. 시공사. 199쪽, "수잔은 크리디가 자신이 망가질 때까지 기다렸다가 개인 군대로 쳐들어가서 쿠데타를 일으키려 한다는 걸 모르나? …… 그의 정신은 파괴되고 있어."; 앨런 무어; 데이비드 로이드. 「BOOK THREE 마음대로 하는 나라」. 《브이 포 벤데타》. 시공사. 225쪽, "모든 정보를 종합해 보면 불쌍한 수잔은 미쳐가고 있어!"

56. 앨런 무어; 데이비드 로이드. 「BOOK THREE 마음대로 하는 나라」. 『브이 포 벤데타』. 시공사. 184쪽, "난 사랑받고 있는 건가? 두려움의 대상이 아니라, 존경의 대상이 아니라, 사랑받는 대상인가?"

57. 앨런 무어; 데이비드 로이드. 「BOOK THREE 마음대로 하는 나라」. 『브이 포 벤데타』. 시공사. 232쪽, "웃고, 환호하고, 손을 흔든다. 최소한 그들은 날 버리지 않았다……. …… 저들을 더 사랑하기 위해 노력할 것이다. 저

들은 내가 가진 전부이다. 나도 손을 흔들어 화답할까? 연습한 것처럼 보이거나, 진실하지 않은 것처럼 보이면 안 된다. 그런 것이 아닌, 마음속으로부터 우러나오는 몸짓이어야 할 것이다……."

58. 앨런 무어; 데이비드 로이드. 「BOOK ONE 지배 뒤의 유럽」. 『브이 포 벤데타』. 시공사. 27쪽, "그 많은 원자폭탄들이 날씨를 이상하게 만들었어요. 안 좋게요. ……거의 모든 지역이 물에 잠겨 있었어요. 템스 강 댐이 터졌던 거죠. ……날씨는 모든 농작물들을 파괴했어요."

59. 앨런 무어; 데이비드 로이드. 「BOOK THREE 마음대로 하는 나라」. 『브이 포 벤데타』. 시공사. 258쪽~259쪽

60. 앨런 무어; 데이비드 로이드. 「BOOK THREE 마음대로 하는 나라」. 『브이 포 벤데타』. 시공사. 190쪽, "당신을 사랑합니다."; 앨런 무어; 데이비드 로이드. 「BOOK THREE 마음대로 하는 나라」. 『브이 포 벤데타』. 시공사. 196쪽, "오, 하느님……, 내……, ……운명……. 오……. 오, 내 사랑. 내……. 오오오……. 흐……학……. 아."

61. 앨런 무어; 데이비드 로이드. 「BOOK THREE 마음대로 하는 나라」. 『브이 포 벤데타』. 시공사. 201쪽, "나의 적

은 떠돌아다니면서도 집에는 사랑하는 부인이 있었어."

62. 앨런 무어; 데이비드 로이드. 「BOOK ONE 지배 뒤의 유럽」. 『브이 포 벤데타』. 시공사. 14쪽

63. 앨런 무어; 데이비드 로이드. 「BOOK ONE 지배 뒤의 유럽」. 『브이 포 벤데타』. 시공사. 39쪽~41쪽

64. 앨런 무어; 데이비드 로이드. 「BOOK THREE 마음대로 하는 나라」. 『브이 포 벤데타』. 시공사. 185쪽

65. 앨런 무어; 데이비드 로이드. 「BOOK THREE 마음대로 하는 나라」. 『브이 포 벤데타』. 시공사. 186쪽

66. 앨런 무어; 데이비드 로이드. 「BOOK THREE 마음대로 하는 나라」. 『브이 포 벤데타』. 시공사. 262쪽

67. 비워 둠

68. V for Vendetta - DVD Sales - The Numbers

69. "V For Vendetta Easter Egg - Natalie Portman SNL Digital Short Rap"(영어). Eeggs.com. 2009년 8월 11일에 확인함

70. 그런데 1~69, 도대체 뭘 확인했다는 걸까?

71. 위 글의 일부분은 「위키 백과사전」과 『불란서 고아의 지도』에서 발췌, 변형하여 인용하였다

위 위 불란서 여인이 노래한다

이 서신은 결코 소리 내어 읽어서는 안 되오

칠흑 같은 어둠에 둘러싸여 있소 은신처에는 그 어떤 소식도 당도하지 않소 무한의 어둠 속에 있소 이곳에서는 글을 읽고 쓸 수 있는 최소한의 불빛만이 필요하오 무한의 어둠 무한의 음악, 역병이 창궐하기 이전부터 이곳에 숨어 지내고 있소 일부러 숨은 건 아니지만 세상에 정체를 드러내기 싫은 예술가의 칩거 정도라 말해 두겠소 불 꺼진 세상에 저녁이 오면 나는 조용히 깨어나 최소한의 불빛에 의지해 수신인 불명의 서신을 적소 이 서신은 결코 소리 내어 읽어서는 안 되오 이것은 역병이 창궐한 시대 불란서 고아에게 보내는 침묵 서신이기 때문이오

서신을 읽는 동안 담배 한 대가 필요할지도 모르겠소 동봉하오

그대가 불란서 고아가 아니라고 해도 좋소 담배를 피우지 않아도 좋소 어쩌면 글을 읽는 동안 칠흑의 어둠과 촛불이 필요할지도 모르겠소 거리의 등불들을 다 끄고 온

마음이 책상 앞에 앉아 이름도 모르는 누군가의 안부가
문득 궁금해질 때 한 잔의 차를 마시며 이 서신을 읽으시
오 무명 삼베처럼 서걱이는 마음에 출처를 알 수 없는 눈
물 한 방울 고이거든 창문을 열고 조용히 심호흡을 하시오
삶은 어쩌면 그대의 숨결 속에 있을 게요

  침묵이 이루는 광대한 대평원을 다 돌아보려면 말 한 필
이 필요할지도 모르겠소 동봉하오

  농담이었소

  창문을 잠시 열고 역병이 창궐한 세상을 바라보며 프란
체스코 교황의 안부를 잠시 걱정했을 뿐이오

  나는 원래 교황을 좋아하지 않소 포프보다는 차라리 파
이프가 좋소 묵직한 담배파이프를 보면 질 좋은 담뱃잎을
파이프 가득 채우고 양지바른 담벼락 아래 쭈그리고 앉아
하루 종일 담배나 피우고 싶소 그것이 예술가의 본질적 삶
이라 생각하고 있소 역병으로 우리 곁을 떠난 루이스 세풀

베다를 추모하며 창문을 열고 담배 한 대를 피웠을 뿐이
오 프란체스코 교황의 안부를 잠시 걱정했을 뿐이오 나는
부디스트도 카톨릭, 이슬람, 조로아스터교 신자도 아니오
내 유일한 종교는 시요 그나마 내가 쓴 시의 유일한 독자
는 나요 시가 아마 이 세상을 구원할 게요 아니 어쩌면 침
묵이 이 세상을 구원할 수도 있을 게요 왜냐하면 침묵은
가장 첨예하게 확장된 시이기 때문이오 침묵이 아니더라도
이 세상을 구원할 방법은 있을 게요 만약에 이 세상이 구
원받을 만한 가치가 있다면 말이요

　짐 자무시가 만든 어느 가수의 다큐멘터리를 보고 있소
늙은 공산주의자 같은 그의 모습은 뭔가를 생각하게 하오

　숲에 가면 낯선 것들이 많소 그러나 현실을 기록하면 그
것은 가장 낯선 것이 되오 파리 노트르담 대성당이 오늘
은 낯설고 아름답소 불 탄 종탑에는 누가 살았던 것도 같
소 콰지모도의 얼굴을 하고 누군가 가림막에 둘러싸인 옛
거주지를 하염없이 바라보오 목조 건물이 쉽게 불타오르듯
아름다운 상상은 쉽게 불타오 그래도 인류의 추억은 대부

분 목조로 이루어져 있다고 에스메랄다를 닮은 그녀는 불란서 고아처럼 말하오 마스크를 쓴 사람들이 유령처럼 배회하던 거리는 텅텅 비었소 이제는 진짜 유령들만이 바람에 떠밀려 나뭇잎처럼 이리저리 몰려다니고 있소 어둠은 한 마리 검은 말을 타고 다가오오 검은 말 위에 앉아 누군가 하염없이 밤의 지평선을 바라보오 고독과 침묵이 이룩한 광대한 밤의 영토요 어두운 거리를 떠돌던 삼총사는 이미 고향으로 돌아가고 달타령을 부르는지 달사냥을 떠났는지 달타냥은 보이지 않소 리산은 아마 아일랜드로 갈 것이오 강정은 옥이가 있는 한국으로 돌아가고 나는 창문을 열고 담배를 피우고 있소

이곳엔 이제 아무도 없소

위 위 불란서 여인이 발음하는 긍정의 소리만이 멀리서 아름답게 들려오는 밤이오

은신처로 연락 주시오 주소는 동봉하지 않소 안녕

검결

복사꽃 살구꽃은 모두 물 내음새 쪽으로 기울어져 있네

누군가 강원도 산골의 작은 강물에 술잔을 씻고

떨어져 내리는 꽃 이파리 곁에서 고요히 한 잔의 술을
치고 있네

그대 깊은 눈동자로부터 솟아나 지금 내 앞을 스치며 지
나가는 한 줄기 강물을 무어라 부르랴

강물은 흘러서 하늘로 가고 하늘은 눈부시게 그대에게
로 오는데

꽃 그림자 출렁이는 눈동자 속 강물을 어찌 사랑이라 부
르지 않으랴

한 잔을 마시면 마음이 춤추고 두 잔을 마시면 물결이
춤추나니 석 잔을 마시면 우리는 서로에게로 망명하는 것
이냐

바람이 불어와 꽃 이파리들 환한 햇살 속에서 밀서처럼
나부끼는데

누군가 바라보는 세상의 풍경은 어느 마음이 베어 낸 고
독의 영지인 것이냐

세상은 온통 한바탕의 꿈결 같고 만사는 오롯이 한바탕
의 춤사위 같은데

불취불귀라

꿈결에 그대가 나지막이 속삭이는 소리를 듣나니

오롯이 사랑하는 이들만이 살아남으리라

나 이곳에서 몇 잔의 술을 마시고 한 천년 잠들어 있으리니

가령 가랑잎에 묻어오는 소식이여

이제는 나를 깨우지 마라

나 깨어나는 날 이미 그대에게 당도해 있으리니

그대 곁으로 한 줄기 바람 불고 비 내리거든

그토록 기다리던 한 줄기 바람과 비가 당도한 줄 알라

시호시호 이내시호 누군가 휘파람 신호를 하면

검은 밤의 한가운데로 눈발은 꽃잎과 함께 무장무장 쏟아지고

갓 피어난 눈꽃은 영원한 현재처럼 누군가의 불망을 전하리니

이토록 낯설고 아름답게 우리에게 당도하는 밤을 혁명 전야라 하자

잠든 오랑캐는 잠든 채 아름답고

깨어난 오랑캐는 깨어나 더욱 아름다우리니

바람의 기도문을 외며 또 다른 신생의 바람이 불어올 때
새벽의 이마 위에서 깨끗하게 빛나는 별빛이여
말안장에 작은 등불을 밝히고 한 편의 시를 쓰면
누군가는 그렇게 별빛 아래서
누군가는 그렇게 한 마리 시를 데불고
누군가는 그렇게 혁명 속으로 간다

* 검결(劍訣)-수운 최제우의 「검결」에서 차용했다, '시호시호 이내시호'는
'때가 왔노라 때가 왔노라 드디어 때가 왔노라' 정도의 뜻

시

나는 나의 조국을 모른다 내게는 정계비 세운 영토란 것
이 없다

눈포래를 뚫고 왔다 가시내야 너의 가슴 그늘진 숲속을
기어간 오솔길을 나는 헤매이자

용악의 쌍두마차를, 전라도 가시내를 읽는 밤이다

밥이 없어서 별을 먹었다 구전 아리랑의 한 구절이다

누군가의 시는 여기에서 시작한다 여기는 비 내리는 원
동의 고려극장

무엇으로부터 먼 동쪽인가 여기는 조국도 전라도 가시
내도 없는, 튼튼하고 아름다운 북관의 계집도 없는

여기는 무엇으로부터 먼 동쪽인가

다락방의 창문을 열면 52일째 비가 내리는데 빗소리를
뚫고 고려극장의 공연 소리 들려온다

차창 대신 판자를 덧댄 수송열차에 실려 블라디보스토
크에서 중앙아시아 여러 곳으로 강제이주당한 고려인들이
있었다

고려인들이 연해주에 세운 고려극장의 배우들도 이때
강제이주당했다 1937년의 일이다

「고려아리랑, 천산의 디바」를 보는 밤이다 비 내리는 다

락방엔 비에 유폐된 영혼이 하염없이 빗방울들의 공연을
바라보는데

고려극장 야간수위 아저씨는 아리랑 악극단의 노래를
들으며 어떤 꿈에 잠겨 있는 것일까

중앙아시아의 황량하고 거대한 벌판에 세워진 초라한
야외무대 위에서 바람에 흩어지는 목소리로 이함덕은 무
엇을 노래했던 것일까

함덕의 남산골 다방골을 들으면 여전히 가슴이 저려 오
는데

무엇인가를 기록한다는 것은 창조한다는 것이고 무엇
인가를 새롭게 창조한다는 것은 하나의 위대한 기록이 되
는 밤

밥이 없어서 별을 먹었다

생각해보면 우리는 모두 전생에서 이생으로 추방당한
디아스포라였으니 되돌아가지는 못하리

바다가 뾰족하고 짠 혓바닥을 들이민 듯한 러시아 연해
주땅 뽀시에트 구역에 우리 할아버지가 태어난 집이 있었다

되돌아가지는 못하리 언젠가 두고 떠나온 머나먼 해변
으로

머나먼 해변은 어디인가 어디로부터 머나먼 해변인가

우리의 춤은 슬프고도 느리며 우리 노래는 오로지 애원뿐이네

왜 그러냐고 물었더니 들려오는 대답은 '운명'

예술가는 일종의 사회적 파업 상태에 있는 사람이라고 누군가는 말하지만 생각해 보면 예술가는 운명을 거스르는 자 일종의 자발적 디아스포라

시를 쓰겠다고 노래를 부르겠다고 허공을 떠다니던 유령들이 고난의 인간 속으로 스스로 다이빙했으니 오 영혼의 유목민들이여

카자흐스탄에 원동에 서울에 다락방에 고려극장에 52일째 비가 내리고 우비를 입은 기상캐스터는 오늘도 비가 올 거라 말하는데 원동은 무엇으로부터 먼 동쪽인가

나의 다락방은 무엇으로부터 먼 다락방인가

고려극장의 야간 수위 아저씨는 왜 여전히 꿈을 꾸는가

함덕이 부르는 남산골 다방골이라는 노래에는 왜 아름다운 계집이 있고 계집은 왜 여전히 튼튼하고 아름다운가

52일째 비는 내리는데 밥이 없어서 별을 먹었다

별을 먹으며 안개 자욱한 깊은 밤 횃불을 밝힌 시라는

작은 배에 몸을 싣고 출렁이는 밤 강물을 거슬러 어디론가 가는 사람들이 있다 시인이다

　시인에게 끝없이 계속되는 밤은 없다 시인은 밤을 끝내는 사람 아침의 햇살을 끌어와 만물에 되돌려 주고 스스로 다시 어둠이 되는 사람

　눈포래를 뚫고 온 사내가 헤매던 너의 가슴 그늘진 숲속을 기어간 오솔길로도 어둠이 왔다

　북관의 계집은 튼튼하고 아름답지만 튼튼하고 아름다운 절망 속에서도 밥이 없어서 별을 먹었다

　비 내리는 원동의 고려극장 누군가는 시를 쓴다

　누군가의 시란 이런 것이다

* 北關에 계집은 튼튼하다/ 北關에 계집은 아름답다
　― 백석, 「絶望」에서

** 바다가 뾰족하고 짠 혓바닥을 들이민 듯한/ 러시아 연해주땅 뽀시에트 구역에/ 우리 할아버지가 태어난 집이 있었다/ 되돌아가지는 못하리/ 언젠가 두고 떠나온/ 머나먼 해변으로
　우리의 춤은/ 슬프고도 느리며/ 우리 노래는/ 오로지 애원뿐이네/ 왜 그러냐고 물었더니 들려오는 대답은 '운명'
　― 이 스따니슬라브, 「모쁘르 마을에 대한 추억」에서

비 내리는 원동의 고려극장

　폭풍우 치는 밤이면 몰락한 백작처럼 스스로 마차를 몰고 거친 폭풍우 속을 달렸다

　아무리 달려도 밤은 쉬 끝나지 않았다 가끔은 말안장에 등불을 밝히고 시를 읽었다 「말도로르의 노래」 어떤 구절에 밑줄을 그었다

　어둠을 뚫고 사선으로 내리는 빗방울이 다락방 천창에 연착륙하는 밤이었다 어둠 속에서 죽은 자들이 산 자의 방안 불빛을 바라보던 그때

　세상의 불빛 아래로 빗방울이 떨어지던 어두운 밤 나는 다만 빵 냄새 나는 일상이 그리울 뿐이었다

　이제 그리움이란 것은 다만 죽은 자들이 내뱉던 농담이나 그들의 미소 속에 어렴풋이 남아 잠시 빛날 뿐이었다

　철학자의 방에서 철학자는 무엇을 생각하는가 불을 피우고 요리를 하고 청소를 해 주던 사람이 사라진 시대에

나는 스스로 불을 피우고 음식을 만들고 생각을 하고 글을 썼다

　내가 쓴 글은 미래보다는 옛날을 지향하고 있었다 그곳에 더 많은 아름다움이 있다고 나는 생각했다

　나는 세상의 모든 날씨였고 세상의 모든 장소였다

　어디에나 있었고 어디에도 없었다

시

작금을 낭만의 시대라고 하더이다 그럴지도 개화한 이들이 즐
긴다는 가배 불란서 양장 각국의 박래품들 나 역시 다르지 않소
　　단지 내 낭만은 독일제 총구 안에 있을 뿐이오 혹시 아오 내
가 그날 밤 귀하한테 들킨 게 내 낭만이었을지
　　　　　　　　　　　　　　　　　　—「미스터 션샤인」에서

　　프랑스를 가로질러 흐르는 강에는 론강, 손강, 센강 등이 있소
이야기의 시작은 센강 좌안의 레아 세이두로부터 시작될 거요
　　레아 세이두가 누구요 아름답소? 그럴지도 단지 내 낭만은 펜
촉에서 흘러나와 알타이 대평원을 가로지르는 한 줄기 강물의 노
래였을 뿐

올리브나무 새잎은 밤에 더욱 빛나오
　고향을 떠나 이곳에 당도했을 때 어디로 가야 할지 몰라
강가의 벤치에 앉아 하루 종일 흘러가는 강물을 바라보
았소
　센강으로부터 불어오는 낯선 바람의 냄새 속에서 고독
은 이미 가을에 당도한 한 마리의 내면처럼 흔들리고 있었
던 거요
　거리를 지나 누군가의 내면 같은 골목길을 떠돌 때 파리

라는 거대한 짐승의 냄새를 이미 맡은 거요

수많은 인파들이 몰려다니는 샹젤리제거리를 지나 콩코
드광장을 지나 소르본대학까지 터벅터벅 걸어왔을 때 비로
소 내가 이곳에 온 이유를 깨달았던 거요

나는 이곳의 지도 한 장 제대로 갖고 있지 않았고 이곳
의 모든 것들에 대해 무지하다는 것을 말이오

시를 쓰기 위해 당도한 파리에서 나는 고아였던 거요

결국은 생라자르역 근처에 첫날밤 숙소를 정했소 아덴호
텔이라고 했소

생라자르역 주위는 아주 어두웠소

희미하게 불 켜진 가로등 아래로 술 취한 노숙자들이 비
틀거리며 배회하고 있었소

그곳엔 값싼 호텔들이 많아 거리의 여자들도 많이 거주
한다는 말을 들었소

그날 밤 아덴호텔의 지붕을 두드리며 억수 같은 비가 쏟
아졌소

나는 화덕의 불빛이 따스하게 피어오르던 고향을 떠올
렸고 어머니가 만들어 주시던 맛있는 빵 냄새를 떠올렸소

올리브나무 새잎은 밤에 더욱 빛나오

나는 호텔 다락방에 누워 비 내리는 천창을 바라보며 지금쯤이면 달빛 아래서 환하게 빛나고 있을 고향의 올리브나무 언덕을 생각했던 거요

　낯선 도시에서 살아야 한다는 불안감이 나를 시인으로 만들었소

　낯선 도시의 공기와 풍경과 여인들이 나를 시인으로 만들었소

　보들레르를 조롱거리로 만들고 네르발을 죽음으로 몰아가던 도시에, 아르튀르 랭보를 끝내 아비시니아 사막으로 떠나게 했던 도시에 시를 쓰겠다는 마음이 겨우 당도한 것이었소

　눈에 보이는 파리는 낭만적이었소

　그러나 낭만적 낭만은 외려 적이었소

　작금을 낭만의 시대라고 하더이다만 나의 낭만은 그 어디에도 존재하지 않았소

　나 스스로 낭만이 되는 것이 훨씬 빠른 이 도시에서 아무 희망도 꿈꾸지 않는 게 어쩌면 더 시적이었소

　이 땅에 살기 위해 시를 써야 했지만 헛된 희망이 불러주는 시를 따라 적고 싶지는 않았소

비가 내리는 날에는 배를 타고 미라보 다리까지 갔다가 걸어서 돌아오곤 했소

비가 내리지 않는 날에는 걸어서 몽마르트르며 몽파르나스며 페르라세즈묘지를 배회했소 내가 좋아하는 사람들은 모두 그곳에 모여 있었기 때문이오

유령처럼 파리를 건디는 거였소 그래도 귀향하지는 않았소 괴물 같은 도시에서 어쩌면 나는 한 번도 피워 본 적 없는 담배를 꿈꾸고 있었는지도 모르오

담배가 무엇이오

나는 모르오

진정한 담배를 꿈꿔 본 적 없으므로 담배가 무엇인지 알 수 없는 것은 당연한 것이었소만 거리를 걷기도 하고 카페에 들러 커피를 마시기도 하면서 어쩌면 운명 같은 담배를 만날지도 모른다는 환상에 사로잡혀 있었던 거요

작금을 벨 에포크 시대라고 하더이다 그럴지도

개화한 이들이 즐긴다는 실론티 쿠바산 시가 각국의 박래품들 나 역시 다르지 않소

레아 세이두가 누구요 아름답소? 그럴지도

단지 내 낭만은 한 방울 눈물처럼 여전히 고독의 펜 끝

에 맺혀 있을 뿐이오 혹시 아오 나의 시가 그날 밤 귀하한
테 들킨 게 내 낭만이었을지
　비 내리던 어느 날 센 강가에서 귀하를 만났을 때
　비 그치던 어느 날 센 강가에서 귀하를 떠나보냈을 때
　단지 내 낭만은 허공의 길처럼 흩어지던 한 줄기 푸른
담배 연기 속에 있었을 뿐

폭풍우 치는 대관령 밤의 음악제

> 저무는 역두에서 너를 보냈다.
> 비애야!
> ― 오장환, 「The Last Train」에서

> 자정이다. 바스티유에서 마들렌으로 가는 합승마차는
> 단 한 대도 보이지 않는다.
> ― 로트레아몽 백작, 「말도로르의 노래」에서

> 모든 것은 한 편의 시에서 시작되었다
> ― 박정대, 「퓌르스탕베르광장의 겨울 시」에서

모든 것은 한 편의 시에서 시작되었다

늦가을이었다 가슴까지 차오르는 급류에 휩쓸려 나는
어디론가 떠내려가고 있었다

강 저편에는 갈대밭이 무성하고 처음 보는 아름다운 숲
이 펼쳐져 있었는데 갈대밭 언저리에서 숲 쪽으로 뛰어가
며 한 여인이 나를 손짓하며 부르고 있었다

너무 멀어서 소리는 들리지 않았다

나는 빨리 강을 건너 그곳으로 가고 싶었으나 범피중류
처럼 자꾸만 떠내려가며 그 광경을 바라보기만 했다
　너무나 아름다운 잊을 수 없는 풍경이었다
　깨어나니 꿈이었다

　낭만적이오 오 낭만적 낭만은 적이오

　자정이다. 바스티유에서 마들렌으로 가는 합승마차는
단 한 대도 보이지 않는다.

　어둠이 또 다른 어둠을 불러 마지막 별빛마저 완전히 꺼
진 칠흑의 밤
　역병이 창궐한 시대 어둠의 거리를 걸어가며 백작은 마
스크를 쓴 채 말도로르의 노래를 부른다
　나는 나의 적멸이 완벽하리라는 것을 알고 있다
　게다가 지금은 바야흐로 원소들이 도처에서 충돌하고
있는 겨울밤이 아닌가
　아니다 지금은 세상의 나쁜 습기들이 폭풍우에 몰려가
는 여름밤이다

누군가 불굴의 선의로 폭풍우 치는 밤을 뚫고 이 적막한 거리에 겨우 당도했을 뿐이다

자정이다 거리엔 정선으로 불어 가는 바람도 알타이로 떠나는 마지막 열차도 보이지 않는다

한 마리 아름다운 욕망만이 쏟아지는 빗속에 갇혀 무구한 짐승처럼 울고 있을 뿐이다

극야의 밤 꿈도 없는 날들이 수개월째 계속되고 그대는 외출을 한 지도 오래되었다

슬픈 고양이의 눈동자를 지닌 그대는 방드르디 지역의 올빼미 당원 태양을 버리고 오롯이 밤과 밤을 이어 가는 그대를 위해 나는 한 편의 시를 들려주려 한다

알타이 계곡 깊숙이 숨겨 두었던 시

너무 아름다워 자신만 알고 싶어 먼 옛날 세상을 떠돌던 보부상들도 보석처럼 몰래 숨겨 두었던 마을 정선 같은 시

그곳엔 아직도 시가 많으니

세상이 아무리 어두워져도 궁극적 아름다움은 여전히 존재하는 것이다

시는 무엇인가

끝없는 어둠을 타개하기 위한 한 점의 불씨, 불씨를 물

고 가는 한 마리의 새일지도 그럴지도

어느 날은 새들이 물고 날아오르는 시가 밤하늘 가득 별이 되리니 또 어느 날은 세상의 고아들이 별빛 아래서 길을 찾을지도 그럴지도

폐에 결절이 생겼다 암일 가능성이 있다는 의사의 소견을 듣고 큰 병원에 입원도 하고 병원에 다닌 지 한 달 반 결절도 거의 사라질 무렵 의사는 면역력 약화에 따른 급성 폐렴이라는 최종 진단을 내렸다

한 동안 피우던 담배도 줄이고 술도 끊다시피 했는데 좋아하는 것들을 멀리 하니 삶은 급속도로 적막해졌다

병원에서 퇴원하던 날 화원에서 여러 나무들을 구경하다가 올리브나무를 만났다

갈비뼈만 앙상하게 남은 것 같은 올리브나무가 첫눈에 마음에 들었다

올리브나무에 레아 세이두라는 이름을 지어 주었다

올리브나무의 수피는 밝은 회색빛인데 가지는 가느다랗고 단단하며 잎도 역시 작고 단단하다

분갈이 한 올리브나무의 위치를 몇 번 옮긴 후에 마침

내 햇빛이 잘 들고 내 시선이 가장 잘 닿는 곳에 올리브나무의 거처를 마련해 주었다

올리브나무 사이로 바람이 불어 올 때마다 나는 그리스의 언덕이나 남부 스페인의 구릉지를 떠올린다

이제는 없어진 결절에 와 닿는 바람 결절이란 무엇이 끊어진 것일 수도 무엇이 맺힌 것일 수도 있어 바람이 불 때마다 나의 결절을 생각하는 것이다

폐에 결절이 생겼다 사라졌다 폐가에 생긴 거미줄처럼 내 몸에 생겼다 사라진 결절을 떠올리며 나는 생의 결핍이며 올리브나무 사이로 불어오는 바람 같은 것도 함께 생각하는 것이다

아침부터 비는 내리는데 이건 예술적 사대주의도 망각의 제국주의도 아니다

레아 세이두일 뿐이다 내가 기르는 비애의 이름일 뿐이다

올리브나무를 살리기 위해 뜨거운 햇빛을 끌어와야 한다 적절한 물과 바람과 나의 시선 속에 올리브나무는 있다

올리브나무를 살리기 위해 나는 날마다 그리스의 낮은

언덕을 끌어오고 지중해의 미풍과 적절한 언어를 올리브나무에게 들려준다

올리브나무를 살리기 위해 매일 착한 생각을 하고 세상에서 가장 아름다운 말들을 데려와 쓴 시를 올리브나무에게 읽어 준다

올리브나무를 살리기 위해 세상의 근심 걱정은 나 홀로 하고 올리브나무에게는 좋은 풍광만을 보여 준다

올리브나무를 살리기 위해 별빛 아래에서도 그 희미한 빛의 온기마저 간절한 기도처럼 올리브나무의 이파리로 향하게 한다

올리브나무를 살리기 위해 수염을 기른 천사가 올리브나무 곁에서 꼬박 밤을 샌다 한 계절을 보낸다

그럴 때마다 바람이 불고 태풍은 지나가는 것이다 아직 나뭇가지에 매달려 있는 노란 살구 몇 알을 떨구며 태풍은 지나가는 것이다

대지의 뿌리를 붙들고 살아남은 나무들은 부러진 제 몸의 일부를 태풍에게 다시 내어 주고 있다

누군가는 길가의 테이블에 앉아 살구 몇 알을 안주 삼

아 술을 마시다 태풍에게 자신의 전생을 내어 주기도 하는
것이다

테이블과 함께 하늘로 날아오르기도 하는 것이다

시가 무엇인지 여전히 모르지만 밤새도록 하늘로 날아
오르는 것들이 있다

멀리 있는 빛을 듣는 밤이다

초개(草芥)와 수영(洙暎)이 호출되고 우리는 그리 멀지 않
은 지나간 날들을 이야기한다

지나간 날들은 이곳을 지나 어디로 가는 것인가

어디론가 간 시간들은 저희들끼리 옹기종기 모여 킬킬대
며 이곳을 바라보기도 하는 것인가

먼 길을 가며 어설픈 사랑을 하기도 하고 물미역 같은
퍼러런 그리움으로 그대를 떠올리기도 하겠지만

탁자 위에 쏟아진 술은 또 흩어지고 스며들어 흔적을 남
긴다

흔적을 지나 사라진 것들은 또다시 어디로 모이는 것
인가

통영이나 해남 그리 멀지 않은 곳에서 여전히 빛나는 별

빛이여

우리는 무엇을 잊으며 잃어버리며 여기까지 걸어온 것
일까

머리 위에 펼쳐진 밤하늘을 소리 내어 읽고 싶은 밤이다

초개가 표지화를 그리고 수영이 발문을 쓴 밤하늘이라
면 좋겠다

밤하늘의 첫 페이지를 넘기면 김영동의 음악이 흘러나
오고

밤하늘의 마지막 페이지까지도

국적 없는 고아의 시시껄렁한 넋두리만 담겨 있었으면
좋겠다

그렇게 되어야 한다면 그렇게 되어야 하는 것이다

바람이 불 때마다 위 위 불란서 여인은 그런 소리를 내
며 흔들린다

지금은 개기월식의 밤

바람이 불 때마다 위 위 그런 소리를 내며

갈대들이 또 다른 갈대 쪽으로 이동하는 시간

긍정적 침공을 당하는 것은

언제나 아름다움의 한가운데 오롯이 서 있는 것이다
자신의 다락방이 좁다고 기르던 나무들을 함부로 버린
다면
생은 아름다운 행성 몇 개를 포기하는 것이다
불란서 여인은 침략당하고 역습하며
드디어 자신의 음악에 상륙한다
위 위 위구르를 상상하지 마라
말은 언제나 아름다운 침략처럼 달려가고
달은 지상의 등대처럼 밝다
뒤라스의 말처럼 남자를 사랑해야 하는 것이다
테라스에 앉아서 나는 생각하는 것이다
여인을 사랑해야 하는 것이다
본질적인 시를 사랑해야 하는 것이다
위 위 이런 걸 불란서 여인과 아름다운 침략이라고 하자
고독이 완성되는 밤의 한가운데서
하나의 눈은 밝아지고 또 다른 눈은 어두워져 가나니
그렇게 되어야 한다면 그렇게 되어야 하는 것이다
위 위 위구르를 지나
아무도 모르는 밤의 끝으로

가야 한다면 위 위 우리는 가야 하는 것이다

저무는 역두에서 너를 보냈다 비애야!

새드앙역 저무는 역두에서 나도 너를 보내고 싶었다 비애여

아그네스는 이미 발차하고

밀바가 부르는 기차는 여덟시에 떠나네, 를 듣는 밤이다

누군가는 하루하루 노동을 하며 살아가고

누군가는 관공서에서 인간의 헛된 욕망을 설계하며 평생을 살아간다

누군가는 밤무대 위에서 노래를 부르고

누군가는 심야의 라디오 방송을 진행하고

누군가는 자신이 살아 본 적 없는 생을 연기하며 삶을 지속한다

누군가는 곧 부서질 건축물을 설계하고

누군가는 잘 지어진 은행 건물 속에서 평생 자신이 가질 수 없는 돈을 세며 살고

또 다른 누군가는 태어나기도 전에 이미 죽어 있다

나는 오직 글을 쓰면서 이번 생을 살고 싶었다

내가 산책하고 싶은 곳으로 천천히 걸어가며 이번 생을 횡단하고 싶었다

그러나 내 몸 하나 뉠 지상의 방 한 칸 없는 비애여

세상 같은 건 다 버리고 산골로 가고 싶어도 막상 갈 수 있는 산골이 없다

끝내 산골에 당도한다 해도 오두막을 지을 한 평의 땅조차 없으니

나는 이제 화전민이라도 되어야 하는 것인가

도대체 누가 이 행성의 땅들을 분할했나

언제부터 그 땅의 주인이 당신들이었나

태초에 지구라는 행성이 생겨날 때 이 행성의 그 어디에도 주인은 없었나니

미리견도 영길리도 불란서도 애초에 없었나니

집도 절도 땅도 없어서 슬픈 그대들이여

그대들의 분노는 정당하고 그대들이 점거하는 거점은 아름답다

새드앙에서 이 시대 혁명 예술가 동지들에게 알린다

이제는 더이상 뻔뻔한 자본주의에 예속되지 말자

굴복하지도 말자

우리들 싱싱한 중지로 세상을 향해 픽큐를 날리며
눈 쌓인 자작나무 공화국을 세우자
가을이 오기 전 우리가 꿈꾸는 겨울을 완성하자

늦가을이었다 가슴까지 차오르는 급류에 휩쓸려 그녀는
어디론가 떠내려가고 있었다
강가에는 갈대밭이 무성하고 처음 보는 아름다운 숲이
펼쳐져 있었는데 갈대밭 언저리에서 숲 쪽으로 뛰어가며
나는 그녀를 손짓하며 부르고 있었다
너무 멀어서 그녀에게 소리는 들리지 않았다
그녀는 빨리 강을 건너 이곳으로 오고 싶어 했으나 범피
중류처럼 자꾸만 떠내려가며 이쪽을 바라보기만 했다
너무나 아름다운 잊을 수 없는 눈동자였다
깨어나니 꿈이었다

낭만적이오 오 낭만적 낭만은 적이오

사랑한다면 사랑한다는 것이오 폭풍우 치는 대관령 밤
의 음악제였소

시

이것은 참으로 간단한 계획

개마고원 부전령쯤에
살고 싶어라
작은 오두막에
등불 하나 걸고
밤이면 눈밭을 걸어가는 호랑이
시린 맨발의 고독으로
겉으로 보면 돌들만 놓여 있는 강
옥련산 돌강 아래를 흐르는
단단한 물소리처럼
자작나무 숲으로는
밤새 눈이 내려
자작자작 쌓이리니
밤새 화목난로 곁에서
타닥타닥 타오르는
불꽃의 사연이나 들으며
생은 생처럼 깊어 가리니

이것은 참으로 간단한 계획

오, 이 낡고 아름다운 바이올린
27 행성에 내리는 센티멘털 폭설

가스통 바슐라르

Gaston Bachelard — 촛불을 켠다, 바라본다, 고요한 혁명을

갓산 카나파니

Ghassan Kanafany — 눈물로는 잃어버린 것을 되찾을 수 없지, 나는 추억보다 더 본질적인 것을 찾고 있는 거야, 갓산 카나파니, 말라가의 푸른 술집들, 그러니까 이건 실제적인 것이다

닉 케이브

Nick Cave — 내 위층에 여자가 한 명 살고 있는데 밤이면 그녀가 우는 소리가 들립니다, 나는 그 울음소리를 듣고 그녀를 느끼죠, 하루는 창문으로 들어가 그녀의 일기를 봤습니다, 점점 더 그녀가 느껴지면서 그녀를 가지고 싶어집니다, 그녀를 가진다는 것, 그건 그녀에게서 영원으로 가는 것이죠

닐 영

Neil Young — 일단 시작해라, 그리고 무슨 일이 벌어지는지
한 번 보자, 한 번 할 만한 가치가 있는 일은 계속 반복할 만한
가치가 있다

라시드 누그마노프

Rashid Nugmanov — 영화관의 포스터에는 빅토르 최의 모습이 그려져 있다, 아아 블라디보스토크에서 빅토르 최라니! 키릴문자를 모르는 나는 무작정 영화관 쪽으로 간다, 나중에 알았지만 내가 블라디보스토크에서 본 그 영화는 카자흐스탄 출신 감독 라시드 누그마노프의 「이글라」였다

미셸 우엘르베끄

Michel Houellebecq — 나는 존재했다, 나는 더 이상 존재하지 않았다, 삶은 실제적인 것이었다

박정대

Pak Jeong-de — 구름과 구름 사이에 걸쳐 놓은 양탄자가 마르고 있었다, 먼 곳에서 말을 타고 돌아오는 한 사내가 있었다

밥 딜런

Bob Dylan — 고독의 편차, 가령 그런 이름들이 주는 파토스를 생각해 보는 새벽이 있어요, 딜런 토머스와 밥 딜런의 차이, 로맹 가리와 에밀 아자르의 차이, 페르난두 페소아와 알베르투 카에이루의 차이, 생의 간격, 이름들과 이름들의 틈 사이에서 중력을 견디는 아름다운 영혼들을 생각해 보는 새벽이 있어요, 가령 무가당 담배 클럽과 센티멘털 실업 동맹의 차이

밥 말리

Bob Marley — 나의 음악은 울음으로부터 시작되었다고 밥 말리는 말했던가요, 나의 음악은 아직 시작되지도 않았는데 나의 울음은 이미 끝나 버렸네요, 다른 삶을 살고 싶어요, 이곳이 아닌 다른 행성으로 이주하고 싶어요

백석

Baek Seok — 돌을 찾아, 아득한 옛날에 나는 떠났네, 부여를
숙신을 발해를 여진을 요를 금을 흥안령을 음산을 아무우르를
숭가리를 범과 사슴과 너구리를 배반하고 송어와 메기와 개구
리를 속이고 나는 떠났네, 나는 언젠가 내가 꿈꾸던 돌 속으로
들어가 본 적이 있다네, 눈송이, 음악처럼 내리던 그 아득한 돌
속에서의 잠

블라디미르 마야콥스키

Vladimir Mayakovsky — 시인의 노동은 그 무엇보다도 신성
하다, 마야콥스키를 읽는 밤이면 그대를 생각해요, 여덟 시 아
홉 시 열 시 밤은 깊어 가고 자정을 지나 끝없이 이어지던 이야
기, 러시아 선술집엔 밤새 불꽃이 타오르고 창밖엔 무한의 눈
이 아침을 향해 내리고

빅토르 최

Viktor Choi — 다 쓰이지 않은 노래가 몇 개나 되는가, 말해다오 뻐꾸기야 노래하라, 내가 도시에서 살 것인가, 이주민촌에서 살 것인가, 돌이 되어 놓일 것인가, 별이 되어 빛날 것인가, 자유로운 의지여 어디에 있는가, 대체 지금 누구와 함께 있는가, 잔잔한 여명을 만났는가 대답해다오, 그대와 함께하면 행복하고 그대가 없으면 슬프다, 나의 태양이여 날 보아다오, 내 손바닥이 주먹으로 바뀌었다, 화약이 있다면 불을 다오, 바로 그렇게(Bot Tak)

아네스 자우이

Agnés Jaoui — 영원은 모든 순간 속에 있었다, 그래서 나는 진지하게 우기에 대하여 생각하기 시작했다, 그리고 처음으로 타인의 취향에 대하여 생각하기 시작했다, 타인의 삶에 대하여 생각하기 시작했다

앤디 워홀

Andy Warhol — 살아서는 유령이었고 죽어서야 비로소 인간이 된 내 영혼의 동지들, 입김처럼 그리운 소식을 전해 주던 자정의 라디오 레벨데

에밀 쿠스트리차

Emir Kusturica — 섬세한 감정의 집시들, 에밀 쿠스트리차의
영화를 보면 참 많은 상상을 하게 돼, 얼굴에 콧수염을 붙인 천
사들, 나는 그들과 함께 세계의 집시로 살고 싶어, 아니 우리가
이미 집시의 세계를 완성해 가고 있는지도 몰라, 집시의 시집,
거꾸로 말해도 그만인 시집의 집시

장 뤼크 고다르

Jean-Luc Godard — 나는 인생에 대하여 거의 아는 바가 없으므로 결국 지금까지 본 영화들을 베낄 수밖에 없다

조르주 페렉

Georges Perec ─ 추억이 없는 세계, 기억이 남겨지지 않는 세계, 시간은 여전히 지나갔지만 황량한 날들과 시간들은 언제나 동일했다, 그들은 이제 더 이상 어떠한 욕망도 느끼지 않았다, 절대적인 무관심의 세계 속에서, 기차가 도착하고 배가 항구에 닻을 내리면 기계와 의약품이 부두에 내려졌고 다시 인산염과 기름을 실었다

짐 자무시

Jim Jarmusch — 언어의 문제 때문에 이 행성은 그토록 아름답고 낯설어진다, 그대들이여 아는지, 짐 자무시보다 더 짐 자무시 같은 말은 박정대의 것이고 박정대보다 더 박정대 같은 말은 짐 자무시의 것이다

체 게바라

Che Guevara — 체, 체, 체, 게바라의 바람이 분다, 쿠바의 풀 잎들은 여기에 없다, 체, 체, 체, 거봐라, 혀를 차며 만항의 오래 된 바람이 분다, 그것이 내 이름이다

칼 마르크스

Karl Marx — 수단은 결과와 마찬가지로 진실에 속한다, 따라서 진실의 추구란 그 자체가 참되어야 한다, 참된 추구는 각 부분이 결과 안에 서로 유기적으로 연결되도록 전개된 진실이다

톰 웨이츠

Tom Waits — 톰 웨이츠를 듣는 좌파적 저녁이 있었지, 그런 날이면 창밖에는 진눈깨비 휘날리고 세상은 여전히 추웠지, 그러나 우리는 다락방에서 함께 술을 마시고 담배를 나누어 피웠지, 창문을 열었고 창문을 닫았지, 그게 인생이었어

트리스탕 차라

Tristan Tzara — 외로운 불꽃이여, 나는 홀로 있다, 라고 고향에서 슬픈 그대는 말하지만 고독한 존재는 이미 한 곡의 장엄한 음악이다

파스칼 키냐르

Pascal Quinard — 물고기들은 고체 상태의 물이다, 새들은 고체 상태의 바람이다, 책들은 고체 상태의 침묵이다, 잠자리에서 일어나 창문을 열고 덧문을 젖히고 하늘을 향해 얼굴을 들면 전개될 하루가 하늘 위에 그려져 있듯, 영혼의 모든 인상은 얼굴 위에 그려진다, 날씨 참 좋네요, 담배 한 대 피우러 가야겠어요, 같이 갈래요?

페르난두 페소아

Fernando Pessoa — 내가 리스본에 당도했을 때 타호강에서 불어오는 바람을 맞으며 나는 포르투나 담배를 피우고 있었다, 그러니까 이건 실제적인 것이다, 하나의 성냥불이 켜지고 세계가 잠시 밝아질 때, 그 희미한 밝음의 힘으로 지구가 조금 자전했을 때, 몇 마리의 새가 안간힘으로 지구의 자전을 거슬러 오르고 있을 때, 나는 잠시 내 영혼이 정박했던 그대라는 항구를 생각하고 있었다, 페르난두 페소아, 알베르투 카에이루, 그러니까 이것은 실제적인 것이다

프랑수아즈 아르디

Françoise Hardy — 내 청춘이 지나가네, 한 편의 시를 따라 이 운율에서 저 운율로 내 청춘이 지나가네, 두 팔을 흔들며 내 청춘이 지나가네, 기타에서 울리는 선율을 따라 내 청춘이 지나가네

프랑수아 트뤼포

François Truffaut — 동전을 넣고 음악을 듣고 담배 한 대를 주면 여자를 얻을 수 있었지, 수염을 깎으니 꼭 벗고 다니는 느낌이야, 흔들의자는 자기만의 리듬을 갖고 있지

피에르 르베르디

Pierre Reverdy — 다락방은 한 마리의 고독, 한 그루의 침묵, 다락방에서 한 편의 시가 영화가 인생이 완성된다, 나는 불을 끄고 누워 피에르 르베르디의 시집을 읽는다, 창밖에는 눈이 내리는가, 알 수 없다, 언제나 무엇인가 남아 있다, 고독의 투쟁, 침묵의 투쟁

* 오, 이 낡고 아름다운 바이올린 — 레온 펠리페

떠돌이 자객 모로

떠돌이 자객 모로를 부러워하다니
세상을 하염없이 떠돌 때가 행복했지
모로는 여자 친구를 위해
그의 내면을 어지럽히는 세상과 맞짱을 뜨지
모든 게 사랑 때문이지
처참하고 격렬하게 쓰러지지
그것이 사랑이 아니더라도
한번 마음에 담은 사랑을 지키기 위해
그는 장렬하게 쓰러지지
그러나 모로는 다시 벌떡 일어나 의연하게 자신의 길을
가지
모름지기 그것이 모로의 사랑
떠돌이 자객 모로로 나왔던 어느 젊은이의
짧았던 삶이 그리워지는 오후
누군가의 삶이 그리워진다는 것은
누군가의 삶과 비슷한 삶을 살았다는 것
누군가의 삶과 비슷한 삶을 꿈꾸었다는 것
이젠 아들의 나이가 모로로 나왔던 그 젊은이의 나이
인데

아들아, 너는 나의 여자 친구가 아니니
너를 위해 장렬하게 쓰러지지는 않으마
너는 내가 꾸는 또 다른 꿈
모로 가도 꿈은 꿈
모로는 떠돌이 자객이었으니
너는 떠돌이 가객이 돼라
세상은 하염없이 떠돌 때가 행복한 것
삶의 아름다움은 떠돎이 이룩하는
고독의 끝에서 찬란하게 빛나리니
밤늦게 일을 마치고 온 아들의 얼굴을
아름다운 한 편의 시처럼 오래도록 바라본다

* 모로 ― 라시드 누그마노프의 영화 「이글라」의 남자 주인공 이름, 빅토르
  쵀가 모로 역으로 나온다

아비라는 새의 울음소리는 늑대와 같다

아침마다 아비라는 새가 와서 울면
늑대가 우는 줄 알았다
가끔은 사람이 웃는 줄 알았다
간밤 늦게까지 음악을 들으며
책을 읽다 잠이 들었다
창밖엔 눈이 내렸는지 온통 하얀데
아침부터 백동백나무 숲이 창가로 와
나를 깨우며 우는 줄 알았다

바닥에 털썩 엉덩이를 붙이고 앉아
한잔의 차를 마시며
빅토르 최는 세상에서 가장 행복한 표정을 지었다
그가 신고 있는 운동화가 지나온 길을 말해 주었다
팔에 돋아난 힘줄은 우랄산맥보다 더 선명했다
그가 마시던 잔에는 어떤 노래가 담겨 있었던 걸까
그는 한잔의 차를 마시며 또다시
다음에 부를 노래를 생각했을 것이다

아침마다 아비라는 새가 와서 울면

늑대가 우는 줄 알았다
가끔은 그가 노래를 부르는 줄 알았다
간밤 늦게까지 책을 읽으며 노래를 들었는데
그의 목소리는 슬프고도 아름다웠다
세상을 향해 중얼거리는 그의 목소리가
아침마다 나를 깨우는
아비라는 새의 울음소리가
아름다운 늑대와 같다 생각했다

흰 동백꽃잎 환하게 떠가는 강물을 보다가 알았다
아비라는 새의 울음소리는 늑대와 같다

아비정전

너는 자라서 무엇이 되려니?

이미 다 자란 걸요

사람이 되지, 라는 말을 끝끝내 하지 않는다

아이는 아비의 정전이다

삼나무 구락부 8진

사당역 언덕 벤치 모임에서 출발했지요
석양이 질 무렵이면 밥벌이를 끝낸 이들이
그냥 집으로 돌아가기 아쉬워 번개를 쳤는데
주로 번개에 맞아 사당역 언덕 벤치로 호출된 사람은
익산 출신 '에세이소설' 작가 청야(淸夜)
장수 출신 술꾼 석운(石雲)
김제 출신 술꾼 사노(思老)였지요
정선 출신 시인 생강은 술꾼에 담배꾼이었는데
몸이 몹시 상했었지요
그럭저럭 몇 잔의 술을 기울이다 석운이
한 달에 한 번씩 만나는 것을 제안했고
곧바로 구락부의 이름이 정해지고
삼나무 구락부는 태동되었지요
삼나무는 매달 셋째 주 목요일에 만나자 하여
구락부는 세상 시름 내려놓고 함께 즐기자 하여
그렇게 되었지요
이상, 이태준, 박태원 등이 활동했던 구인회(1)처럼
아홉 명이 즐기면 더 좋을 텐데 아직은 칠인회죠
정식 출범을 하면서 1회 정기 모임엔

7인의 사무라이가 아닌 7인의 술꾼들이 모였지요

앞의 네 명에 더하여

서울 출신 술꾼 췌세(贅世)

대구 출신 화가 항사(恒沙)

서울 출신 시인 사하(寺下)였지요

삼나무 구락부는 이미 3차 전인대까지 가졌는데

1년에 두 번 횡성 청일면 사노형의 농막에서 술을 마시고 엎어지고

매달 한 번 사당역과 이수역 사이에 있는 순댓국집에서 엎어지자고

취중 결의를 했지요

그러나 엎어지고 싶은 일이 생기면 수시로 번개를 날린다오

구락부니까 두 명이 더 들어와 아홉 명이 즐길 수 있으면

삼나무 구락부 완전체(2)가 되겠지요

추천하고 싶은 사람이 있으면 추천해 주소

7인의 만장일치로 추천은 완료될 게요

돌아갈 조국을 잃어버린 50년대 북한의 청년 예술가들은

모스크바 근교의 숲에 모여 모스크바 8진(3)을 결성했

지요
　진실되게 살자고 이름도 모두 진으로 바꿨지요
　그들을 따라 이름을 이진, 소진, 박진, 정진으로 바꿀 필
요는 없겠지만
　술을 마실 수만 있다면 우리는
　언제 어디서든 출몰하는 정선된 7인의 술꾼
　우우 바람이 불 때마다 나뭇잎들 날아가
　'영월하라'를 '영원하라'로 바꾸는 기적을 보기도 하겠
지만
　7인이든 9인이든 정선에서 영월까지 그녀에서 영원까지
　아름답게 술잔을 기울이는 우리는
　성하의 이팝나무를 지나온 삼나무 구락부 8진

　우리의 언어는 언제나 첫눈처럼 쏟아질 게요

*

　모스크바 근교의 모니노 숲은 아니지만
　새드앙 근처 삼나무 숲에서 우리 이렇게 만나

시니피앙 시니피앙 술잔을 부딪치며
굳은 시니피에로 맹세하나니
조진 선생, 드디어 삼나무 구락부 8진이 격렬하게 완성
되었구랴

조직원 제1강령
── 나의 음주를 적에게 알리지 마시오

                              *

(1)구인회 ── 1933년 8월 이종명(李鍾鳴), 김유영(金幽影)의
발기로 이효석(李孝石), 이무영(李無影), 유치진(柳致眞), 이태
준(李泰俊), 조용만(趙容萬), 김기림(金起林), 정지용(鄭芝溶)
9인이 결성하였다

그러나 발족한 지 얼마 안 되어 발기인인 이종명과 김유
영, 이효석이 탈퇴하고 그 대신 박태원(朴泰遠), 이상(李箱),
박팔양(朴八陽)이 가입하였으며 그 뒤 유치진, 조용만 대신
에 김유정(金裕貞), 김환태(金煥泰)가 보충되어 언제나 인원
수는 9명이었다

(2)삼나무 구락부 완전체 ― 이 풍진 세상을 만났으니 너의 희망이 무엇이냐

괴산 소수면 출신 비래형은 임꺽정을 닮아 힘만 센 것이 아니라 서림이처럼 머리도 비상하고 글재주가 출중하지

소수면의 고추를 닮아서 그런가 푸근하게 웃던 얼굴이 울그락 불그락 바뀔 때면 매운 모습을 보여 주기도 하지

흥진비래라 놀리면 흥흥 콧방귀를 뀌는 품새가 동무들의 마음을 푼푼하게 하지

괴산 장날 종이 상자에 든 어린 강아지처럼 눈동자가 참 아련하고도 깊구나

술과 담배를 좋아하고 사람은 더더욱 좋아하는데 삼나무 구락부 8진에 아직 가입하지 않은 것은 형 자체가 하나의 구락부이고 8진이기 때문이라

괴산 차부 옆에 있는 식당에서 올갱이 해장국에 소주 한잔 마시면 괴강의 물들이 전부 비래형 만세를 외치지

괴강의 물들이 괴물인 탓

감상적이고 우아하며 주체적이고 격렬한 비래형은 평생 함께 술을 마시자고 약속했지

형이 보고 싶다

형의 너털웃음이 그립다, 흥흥

(3)모스크바 8진 ― 정린구, 허웅배, 한대용, 리경진, 김종훈, 리진황, 최국인, 양원식 8인을 말한다

김소영 감독의 다큐멘터리 「굿바이 마이러브 NK: 붉은 청춘」은 한국 전쟁 때 모스크바 국립영화학교로 유학을 떠났다 현지에서 망명한 여덟 청년을 담았다

새롭게 발전하는 조국을 위해 똘똘 뭉쳤던 이들은 1956년 김일성 유일체제의 기초를 다진 종파사건을 1인 독재로 비판하고 고국으로 돌아가기를 거부한다

1958년, 소련 망명이 허락되자 이들은 모스크바 근교 모니노 숲에서 '8진'이라 불리는 결사체를 맺는다

작가, 배우, 감독, 촬영기사가 된 8진은 시베리아와 우크라이나, 카자흐스탄 등 구소련 곳곳으로 흩어졌다가 카자흐스탄으로 하나 둘 모여 서로를 지지하고 붙들어 주며 영화를 만들었다

이들 중 생존해 있던 최국인 감독과 김종훈 촬영감독 두 사람의 증언을 통해 지금까지 접하지 못했던 망명 북한 청년들의 이야기가 이 영화의 전체적인 줄거리를 이룬다

모스크바 국립영화대학에서 공부하던 이들은 1956년 북

한에서 종파사건이 일어난 후 1958년 소련으로 망명한다

돌아갈 곳을 잃은 이들은 스스로를 모스크바 8진이라고 칭하고 유라시아 대륙 여기저기로 흩어진다

종파사건은 김일성이 연안파, 소련파, 남로당파를 숙청하고 자신의 체제를 강화한 정치적 사건이다

모스크바 영화대학 재학생 중 허웅배, 최국인 등이 종파사건을 비판하며 망명을 주도한다

북한 당국은 이들에게 더는 장학금을 주지도 말고 학교에서 퇴학시킬 것을 소련 정부에 요구한다

모포 하나만 가지고 기숙사에서 쫓겨나 하루아침에 집도 절도 없는 신세가 된 이들은 모스크바 교외의 숲속에 거적을 깔고 한 달을 버티며 진로를 모색한다

마침 스탈린(1878~1953)을 이어 집권한 흐루쇼프(1894~1971)는 스탈린 시대의 개인숭배정책을 비판하고 있었다

8인은 김일성 개인숭배정책 비판으로 조국으로 돌아갈 수 없는 사정을 설명한 편지를 소련 당국에 보내 망명을 요구하고 정부의 명령으로 당시의 소비에트 연방에 속하는 오지로 발령을 받는다

이들은 헤어지기 전날 밤샘 토론으로 영원히 변치 않을 것을 다짐하는 의미로 자신들의 이름에 '참 진(眞)'을 넣어 개명할 것과 다음 사항을 결의한다

— 하나, 자기 직장에서 겸손하고 성실하며 자기 자신을 아끼지 않는 모범적인 일꾼이 될 것

— 둘, 언제나 자체 교양에 노력할 것

— 셋, 항상 동무들의 사업과 생활, 의식 수준에 대하여 적극적인 관심을 가지며 일체 어느 정도라도 중요한 문제는 전원이 알게 하며 필요하면 토의에 부칠 것

— 넷, 도덕적으로도 공산주의자답게 손색없는 인간이 될 것

— 다섯, 조국 정세에 대한 자기 의견을 일체 외국인들에게 절대 공개하지 않을 것

— 여섯, 투쟁과 관련되는 일체의 의견을 제때 토의에 부쳐 동무들이 사태를 올바로 파악하도록 노력할 것

— 일곱, 동무들이 서로 한 달에 한 번 이상 편지로 자기 생활에 대한 총화를 지어 다른 동무들에게 알릴 것

리경진은 모스크바 인근으로, 정린구는 중부 시베리아 이르쿠츠크로, 한대용은 시베리아 바르나울로, 김종훈은

북극해 근처의 무르만스크로, 리진황은 우크라이나 근교 도네츠크로, 양원식은 러시아 스탈린그라드로, 최국인은 카자흐스탄 남부 알마아타로 배치되어 지방정부의 영화종 사자로 일한다

이들은 수재이자 북한의 귀족들이었다

리경진(리진)은 한 번 읽은 것은 모두 기억했고, 허웅배 (허진)는 유명한 독립운동가 왕산 허위 장군의 손자이며, 문학에 재능이 있는 한대용(한진)의, 아버지 한태천은 김일 성을 만나는 사이였고, 독립군 출신의 최국인은 카자흐스 탄 정부로부터 공훈감독이라는 칭호를 받는다

한대용은 러시아 여성 '지나이다 이바노브나'와 결혼한 다(한진이라는 인물은 매력적이다, 연애지상주의자 같기도, 예술 지상주의자 같기도 한 그는, 어쩔 수 없는, 그에게 주어진 비극적 인 삶을 그만의 독특한 방법으로 건너간다, 그에게서 고독한 예 술가의 초상을 본다, 그는 이미 한 편의 시다, 그러나 그 시를 지 은 것은 지나이다 이바노브나다)

소련이 해체된 뒤 김종훈과 양원식, 한대용은 최국인이 거주하는 따뜻한 지방 알마아타로 이주한다

영화 사운드 트랙으로 흐르는 빅토르 최의 노래는 참으

로 많은 걸 이야기해 준다

— 헤이, 모두가 잠든다면 누가 노래를 부를까?
죽음에는 살 만한 가치가 있고
사랑에는 기다릴 만한 가치가 있지

어떻게든 아름답게

노오란 은행잎들은 한바탕의 삭풍에 하늘로 날아오르지
못하고 지상에 주저앉고

비라도 뿌릴 듯 흐린 날이면 나는 오랑캐의 마음이 되어
주점으로 숨어들 것이다

세상의 건물들은 미세먼지를 뚫고 수직으로만 자라는데

나에겐 고독과 침묵의 광활한 영토가 필요할 뿐

아비 어미를 잃은 지상의 고아들도 바람에 흩어지는 은
행잎처럼 지상을 떠돌다 주점으로 스며드나니

이렇게 마음마저 흐린 날 주점은 이 세상 고아들의 망
명지

내가 꿰차고 앉은 탁자는 세상에서 가장 아름다운 광장

바람 발굽을 단 구름의 말들은 허공을 횡단하고

그대 입 속의 말들은 내 가슴의 광야를 달리리니

이렇게 흐려 마음마저 갈 곳 없는 날에는 노오랗게 떨어
지는 은행잎들 데불고 주점으로 스며들 일이다

한 잔의 술을 마시면 눈이 밝아지고

두 잔의 술을 마시면 가슴이 밝아지리니

석 잔의 술을 마시고 터질 듯 밝아진 불꽃의 심장을 서
로 맞대자

꽃으로 문지르지 않아도 우리의 가슴은 살고 싶고

담배를 피우지 않아도 우리의 영혼은 이미 저 무한천공에서 자유롭나니

어느 흐린 날에는 그대여 노오란 은행잎을 가난한 주머니에 가득 채우고 주점으로 오라

나는 말없이 그대의 술잔을 가득 채우리니

그대는 마시고 취하라

나는 또 그대의 빈 가슴을 가득 채우리니

그대는 여전히 취하고 꿈에서 깨지 마라

세상의 모든 오랑캐들 주점으로 스며들어 아름다운 공화국을 이룩할 때까지

우리는 마시고 취하리니

몽롱하다는 것은 장엄하다는 것

우리는 언제나 노오란 은행잎 인터내셔널 포에트리 급진 오랑캐로만 흩날리나니

오늘 전할 말은 이 한 마디

어느 날 나는 흐린 주점에 앉아 있을 거다(1)

(1)황지우 시인의 시 제목이다

어떻게든 아름답게

지금은 아주 환한 대낮의 밤
혹은 아주 어두운 밤의 대낮

태양이라는 이름의 별빛을 받아

땅은 따스하게 된다(1)

(1)빅토르 최의 노래「태양이라는 이름의 별」에서

주를 본문으로 사용하니 아름답다

시의 본문은 뭐고 주란 무엇인가?

일테면 아름다운 주는 시의 본문보다 더 시에 가깝다

　아주 추운 겨울날 따뜻한 태양이 비치는 우랄산맥 동쪽

에서

　나는 담배를 피우지

　가끔 눈을 들어 태양을 바라보면

　외눈의 태양도 나를 바라보며 웃지

　이대로 눈이 멀어도 좋아

　지금은 아주 환한 대낮의 밤

　태양이라는 이름의 별 아래서

　누군가는 말을 타고 담배 연기 날리며

　우랄산맥을 넘지

　우랄산맥 저 너머엔 무엇이 있나

　그곳엔 내 동무가 살고 있지

　화부 일을 하기 때문에

얼굴엔 언제나 시커먼 게 묻어 있지만
불꽃같은 심장을 가진 동무
함께 담배를 피우며 술 한잔 마시면
자신이 만든 노래를 불러 주는 동무
사실 내 동무는 우랄산맥 서쪽에서 가장 유명한 사람
자신의 시를 노래로 부는 사람
노래 부를 때 가장 행복한 사람
빅토르 최, 빅토르 초이, 빅또르 쪼이
뭐라 부르든 뭐라고 불리든
그의 목소리는 아름답고 슬프다
그의 눈동자는 슬프고 아름답다
그의 노래를 듣는다
지금은 아주 환한 대낮의 밤
혹은 아주 어두운 밤의 대낮
내가 매일 밤낮으로
말을 타고 우랄산맥을 넘나드는 이유는
그곳에 내 가장 친한 동무가
여전히 불꽃처럼 살고 있기 때문

북관

다락방엔 비스듬히 천창이 있어야 한다

천창엔 별빛이 있고 가끔 눈발이 날려야 한다

별빛 속에는 다른 삶이 있고

눈발 속엔 말들이 달려야 한다

말안장 위에 작은 등불을 밝히고

글을 읽을 수 있으면 된다

두툼한 스웨터를 입고

톱밥 난로 곁에서 글을 쓰는 밤이 있으면 된다

백무선 열차가 와 닿는 곳이면 된다

생강

생강이란 김치소의 일부분이 아니라

하나의 상징이다

일시적으론 맵지만 오래 씹을수록 단맛이 나는

생강을 향한, 생강을 생각하는 이의 열정이다

청춘에서 생강맛이 난다면 그것은 청춘이 인생을 잘 통
과하고 있다는 투박하고도 아름다운 증거

청춘이란 생강을 씹을 수 있는 용기

입안의 생강을 뱉어 내지 않고 끝까지 맛볼 수 있는 모
험심

때로는 스무 살 청년이 일흔 노인보다 당연히 더 젊어야
한다

생강을 먹고 오래도록 생각을 해야 사람은 늙지 않는다

평생 생강을 먹는 이는 생각이 늙지 않는다

앵과 앙(1)의 아름다운 시니피앙 사이를 걸어 본 자는
안다

생과 강 사이를 건너 본 자는 안다

아름다운 상념 속으로의 산책이 사람을 얼마나 건강하
게 만드는지

생각의 산책이 사라질 때
불안은 끊임없이 영혼을 잠식하고
영혼은 무게를 상실한 채 먼지가 되어 간다

일흔이든 스무 살이든 인간의 가슴 속에는
생강에 끌리는 마음
생강을 씹었을 때 느끼는 고통과 환희에 대한 감각
그것을 탐구하려는 열정이 있다
우리 모두는 가슴 속에 있는 우체국에 들려
한 박스의 생강을 신에게 택배로 보내야 한다
신으로부터 조만간 답신이 오리라
아름다운 영혼이여, 생강은 맛있다
그대의 생각은 여전히 참 맛있다

생강차가 끓고 있다
인적이 끊긴 산골의 다락방이 눈에 덮여 갈 때
참매는 두 눈을 부릅뜨고 겨울의 한복판을 날고 있다
고립은 고독이 아니라 생강차의 여유이며
생강의 청춘을 지나온 자가 마시는 한잔의 휴식이다

눈발은 여전히 날리는데 광활한 생각의 영토에서
여전히 생강차는 끓고 있다
밤새도록 누군가 눈에 뒤덮인 시를 생각하리

*

⑴천운영의 『생강』 작가의 말을 읽다가 '시'를 본다

앵에서 앙으로 이어지는 둥글고 어진 촉감이
시옷과 기억의 음가를 가지면서
사각사각한 소리와 상큼한 향기를 갖게 된다

나도 시가 쓰고 싶어졌다
이것이 생강의 시다

손에는 담배를,
탁자에는 찻잔을

구랍의 오후
한 해는 잘 마무리하는지
손에는 담배를, 탁자에는 찻잔을
그 외 나머지는 모두 우리의 내면에 있다고
빅토르 최는 말하지만
한파의 날들
한 해가 가고 또 한 해가 오겠지만
떠나는 것들의 뒷모습과
다가오는 것들의 희미한 윤곽을
나는 알지 못하네
안개 낀 압천을 바라보던 윤동주처럼
뫼동의 한 사제관에서
방드르디의 이야기를 적어 나가던 미셸 투르니에처럼
누런 갱지 노트에 국적불명의 글을 쓰며
창밖을 바라보는 나는
추워서 창문을 닫을 뿐
내면이 추워서 마음을 닫을 뿐
여전히
손에는 담배를, 탁자에는 찻잔을

그 외 나머지는 그 어디에나 있고
그 어디에도 없다 없는 세계여
텅 빈 백지의 황량한 진부 벌판이여
구랍의 날은 그냥 지나갈 뿐이어서
까마귀는 벌판으로 날아와 운다
까마귀는 사랑스러운 한 마리의 시
시가 울고 있다
시인은 추운 거리를 떠도는데
시인의 마음이 세계를 대신해 울고 있다
차가운 겨울바람이 분다
나는 겨우 존재한다

대관령 밤의 음악제
— 옛날은 눈이 내리는 밤이었다

예술가는 일종의 사회적 파업 상태에 있다, 말라르메는
말한다

손에는 담배를, 탁자에는 찻잔을

그 외 나머지는 모두 우리의 내면에 있다(1)

밤새 무서록 무서록 눈이 내리고 시니피앙, 누군가 웃
었다

밤새 눈은 외딴 곳으로만 내리고

밤새 눈은 자꾸만 옛날처럼 내리고

옛날은 눈이 내리는 밤이었다

팅커 테일러 솔저 스파이는 없다, 다만 시가 있을 뿐이다

김사량의 「빛 속에」는 1939년 일본어로 발표되었고 『칠
현금』은 1949년 북한에서 출간되었다

이태준은 1933년에 29세로 '구인회'에 참여하고 1940년
에 『문장강화』를 1941년에 『무서록』을 간행한다

김사량은 종군작가단의 일원으로 한국전쟁에 참가하여
1950년 10월 원주 부근에서 사망한 것으로 추정된다

1946년 38선을 넘어 북으로 간 이태준은 언제 사망했는
지 알 수 없다

다큐멘터리를 찍는다는 것은 무엇인가? 그것은 대상을

통해 나의 경험, 나의 기억을 재현하는 것이다

그런 의미에서 기록하는 자의 열정이 예술을 창조한다

모든 영화의 가장 아름다운 장면은 엔딩 크레디트겠지만 모든 시의 가장 아름다운 구절은 그 어디에도 없다

그것이 시의 가장 아름다운 본질이다

시는 어느 날은 인류를 위한 감정적 광대로서 존재한다

어느 날은 그것이 시의 가장 아름다운 복무이기도 하다

『무서록』에 나오는 「만주기행」을 읽는 밤이다

만주벌판으로 이주해간 조선인들은 어떡하든 밭을 논으로 만들려고 봇도랑을 파고 만인(滿人)들은 자신의 밭이 망가질까봐 봇도랑을 메운다

생존을 위한 쟁투의 일면이다

산문을 보면 나는 자꾸만 행갈이를 하고 봇도랑을 내며 시로 바꾸려 한다

이것은 독립적 영혼의 본질인가

삶의 쟁투를 예술적 아름다움으로 치환하려는 부단한 시도인가

부단한 시도와 무한의 실패가 끝내 한 줄의 문장으로 남으리니

얼음장 같이 차가운 허공을 미끄러지며 떠돌다 끝내 겨울 벌판으로 돌아와 우는 까마귀여

나는 이제사 겨우 한 줄의 문장을 받아 적는다

생각하면, 바다는 얼어 파도 소리조차 적막하던 '우라지오스토그'의 겨울밤(3)

평양에서 출발하는 봉천행 야간열차를 타고 가며 그는 어떻게 문장을 강화했을까

과연 문장은 강철처럼 강화되고 더 단단해졌을까

이토록 깊은 밤이면 나는 야간열차를 타고 어디로 가고 싶은 것일까

덜컹거리며 끝내 어느 생에 닿고 싶은 것일까

밤새도록 눈발을 헤치며 백무선 열차는 달려가는데

밤새도록 눈이 내려 무서록이 쓰여지는 밤이다

순서도 없이 쏟아지는 이것을 무어라 부르랴

누군가는 이곳에서 아무도 읽지 않을 시를 쓰고

누군가는 그곳에서 시를 읽다가 잠들 테지만

누군가는 저곳에서 사랑의 재구성처럼 흩어지나니

눈이 내린다, 너의 이름은 무엇이냐

눈이 내리는 밤은 모두 옛날이었다

*

(1)빅토르 최(2)의 말이다

(2)빅토르 최(9) ― 구소련의 페레스트로이카 시대, 대중의 인기를 사로잡은 언더그라운드 록 그룹이 있었다

특히 그룹의 보컬인 빅토르 최에 대한 인기가 뜨거웠는데 그가 세상을 떠난 지 30년이 지난 지금도 그의 음악은 여전히 높은 인기를 구가하고 있다

그는 좌절된, 그러나 우리가 집요하게 추구하는 희망을 노래한 선구자였다

오만불손하고 고약한 성미에 어둡기까지 한(전혀 그렇지 않을 수도 있다) 빅토르 최(1962~1990)는 독특한 음색의 한국계 러시아 록 가수다

가공되지 않은 가사(내면적 리얼리즘을 바탕으로 한 상징적인 가사였다)를 쓰던 그는 선배 가수 기타리스트 싱어 블라디미르 비소츠키(1938~1980)나 이소룡을 추앙하며 짐짓

그 행동이나 몸짓을 따라 하기도 했다

빅토르 최는 구소련 말기의 유명 록그룹 리더였으나 페레스트로이카가 이뤄질 때까지 오래 살진 못했다

그럼에도 빅토르 최와 그의 노래는 오늘날까지도 굉장한 인기를 누리고 있다

러시아 록 음악은 1960년대에 맨 처음 태동했으나 이후로도 20년간 대학생이 아닌 이상 러시아에서 록 그룹을 결성한다는 것은 쉬운 일이 아니었다

대학생들이 음악을 할 경우 두 가지 선택의 길이 있는데 하나는 정부의 통제를 받는 제도권 아티스트가 되는 것이고 다른 하나는 언더그라운드 뮤지션으로 활동하는 것이었다

전자의 경우 보컬 파트 및 악기 파트 일체로 이루어진 그룹으로서 모든 곡에 대해 정부의 허가를 받아야 했다

그리고 후자는 카세트테이프에 녹음한 음반을 자가 제작하는 경우였다

따라서 당국이 정한 비속어 사용 금지 및 복장 제한 등의 규정 그리고(일부 뮤지션들이 지나치게 서구권 음악의 영향을 받고 있는 만큼) 애국주의 성향을 지녀야 한다는 규칙에

저촉되는 경우라면 언더그라운드 뮤지션으로 활동하는 게 필수적이었다

러시아에서 아티스트는 타의 귀감이 돼야 하는 존재였기 때문이다

따라서 서구권 음악이 허용된 팝그룹이라고 예외는 아니었다

이에 언더그라운드 록 음악 뮤지션들은 제도권을 거부하는 여느 아티스트와 마찬가지로 아마추어라는 호칭을 들을 수밖에 없었다

빅토르 최도 그런 뮤지션들 중 한 명이었다

한국계 엔지니어인 아버지와 교사인 어머니 사이에서 외아들로 태어난 빅토르 최는 1970년대에 미술학교에서 퇴학당한 후 목각기술을 익히기 시작하면서 초창기 곡들을 써나갔다

아직 재학 중이던 시절 빅토르 최는 (안톤 체홉의 단편 「6호실」에서 정신병동을 의미했던 동명의 병실) '6호실'이란 이름으로 맨 처음 그룹을 결성한다

1981년에는 '가린의 살인광선'이란 이름으로 새로운 그룹을 만들었는데 1982년 이 그룹의 이름은 '영화' 혹은 '영

화관'을 의미하는 독일어 '키노(Kino)'로 확정된다

여타의 비제도권 아티스트들과 마찬가지로 빅토르 최 또한 생업을 병행해야 했는데 이에 1982년 상황에선 마리 안나 최의 말마따나 "알 만한 사람은 다 아는 유명인이었 음에도" 보일러 기사 일을 계속한다(4)

그해 여름, 그룹 키노는 (수록곡 전체의 재생 시간이 45분 이란 이유로) 「45」란 타이틀의 첫 앨범을 발표한다

이로써 처음으로 인기 그룹의 반열에 오른 키노는 모스 크바와 레닌그라드 무대에도 서기 시작하고 홈 콘서트도 개최한다

이 음반 작업에서 키노는 보리스 그레벤시코프의 저 유 명한 그룹 아쿠아리움의 지원 사격을 받았는데 보리스는 콘서트 후 교외 기차 안에서 다가와 말을 건 빅토르 최에 게 그의 노래를 들었던 당시의 소감을 전했다

"그 자체가 좋고, 쓸모까지 있는 노래를 들으면 남보다 먼저 고대의 유물을 채굴한 듯한 기분이 든다, 오늘 내가 그랬다"(5)

이후 빅토르 최의 인기는 점점 높아졌다

사람들은 몰래 키노의 음악을 듣기도 하고 홈 콘서트

같은 자리에서 이들의 음악을 접하기도 했는데 특히 레닌그라드 록 클럽 같은 무대를 통해 키노의 음악을 들었다

1981년에 생긴 록 클럽은 구소련 시대 록 음악의 발달에 핵심적인 역할을 한 곳이었다

영화 분야에서 본격적으로 개혁의 붐이 일던 1986년에는 빅토르 최도 영화계에 발을 들인다

특히 맨 처음 그를 영화계로 끌어들인 건 당시 학생감독이었던 라시드 누그마노프였다

라시드 누그마노프는 카자흐스탄 알마아타 출생이다

모스크바 8진이었던 김종훈과 양원식, 한대용은 나중에 최국인이 거주하는 따뜻한 지방으로 이주했는데 그곳이 바로 알마티라고도 불리는 알마아타이다

알마아타가 카자흐스탄 남동부 쪽이라면 크질오르다는 남서부 쪽인데 빅토르 최는 어린 시절 크질오르다에서 살았던 적이 있다

또한 크질오르다에는 말년에 고려극장의 야간수위를 했던 홍범도 장군 거리와 묘역이 있다

누그마노프는 모스크바 영화 학교(VGIK) 재학 중 제작한 단편 영화에서 빅토르 최를 등장시켰다(6)

젊은 부부와 그 친구들이 빅토르 최의 콘서트에 가길 원한다는 내용의 영화였다

이후 빅토르 최에게는 출연 섭외가 쇄도했고 같은 해 그는 다수의 영화 촬영에 참여한다

알렉세이 우치텔 감독도 '록'이란 간결한 타이틀로 언더그라운드 그룹들에 대한 다큐멘터리를 제작했는데 누그마노프 감독과 마찬가지로 보일러실에서 일하는 빅토르 최의 모습을 카메라에 담았다

키예프 영화학교 학생이었던 세르게이 리센코도 자신의 졸업 작품 「휴가의 끝」 촬영을 위해 빅토르 최와 그룹 키노를 섭외했는데 키노의 여러 곡을 일종의 장편 뮤직비디오처럼 담아낸 저예산 단편 영화였다

하지만 당시 빅토르 최를 촬영한다는 것은 위험을 감수해야 하는 작업이었다

빅토르 최는 검열에서 우선순위에 놓인 인물이었고 누그마노프의 제작에 참여한 사람들도 경찰에 체포돼 수차례 구금되는 신세가 됐기 때문이다

누그마노프 본인 또한 레닌그라드 콤소몰(구소련의 공산주의 청년 동맹) 문화위원회에 소환돼 ― 이에 수긍하진 않

왔지만 ─ "적절한 뮤지션 그룹"을 촬영하라는 권고를 받았다

리센코 역시 학위 발급이 거부됐다

하지만 이에 굴하지 않은 영화계에서는 1980년대 말 두 편의 장편 영화가 제작됐는데 먼저 누그마노프의 첫 장편 영화 「이글라(바늘)」(제작연도 1989년, 국내개봉 1999년)에서는 빅토르 최가 주인공으로 등장한다

자유분방하고 광기 어린 삶을 담아낸 이 영화는 구소련 시절 2년 만에 1,500만 관객을 동원한다

이 작품으로 빅토르 최는 1989년 《에크랑 소비에티크》지의 독자들이 뽑은 올해의 최우수주연상을 받기도 했다

이어 개봉한 세르게이 솔로비오프의 작품 「아사」는 개혁 개방 시대의 대표작으로 시대에 순응하지 않는 예술 분야의 대표적인 인사들(화가나 뮤지션)을 한데 모아 기존의 규칙과 질서를 강요하는 기성세대에 맞선 젊은 세대들의 모습을 담아냈다

이 영화에서 빅토르 최는 마지막 한 시퀀스밖에 등장하지 않음에도 실질적인 비중은 꽤 큰 편이었다

흐릿한 실루엣으로 그가 등장한 어느 초라한 식당은 곧

거대한 무대로 뒤바뀌고 빅토르 최는 군중들 앞에서 그의 히트곡 「우리는 변화를 원한다」를 들려준다

고르바초프 전 대통령 또한 이 곡에서 정치적 변화에 대한 민중의 의지를 읽었다고 할 만큼 페레스트로이카 시대의 비공식 주제가 같은 곡이었다(7)

우리의 마음이 변화를 요구한다!

우리의 눈이 변화를 추구한다!

우리의 웃음과 눈물 속에는, 그리고 요동치는 우리의 핏줄 속에서는

오로지 변화, 그저 변화만을 원한다!

이렇듯 개혁과 쇄신에 대한 젊은 세대의 요구가 컸던 만큼 구소련의 개혁정책이 불가피한 상황에서 빅토르 최는 이런 젊은이들의 요구를 대변하는 독보적인 인물이었다

「이제는 우리가 나선다」는 곡에서도 그는 이렇게 적고 있다

우리는 신시가지의 비좁은 아파트에서 태어났다

당신들이 우리에게 기워 준 옷을 입고

우리는 이미 마음이 조급해진 듯하다

우리가 당신들에게 해 줄 말은

이제는 우리가 나선다는 것이다

하지만 러시아 록 음악사를 연구하는 안나 제이체바의 지적처럼 빅토르 최는 개혁을 염원하는 젊은이들 사이에서 자신이 차지하는 이런 입지에 대해 다소 회의적이었다(이런 면은 혁명 시인 마야콥스키와도 비슷하다)

물론 그가 현실에 대한 암묵적인 저항과 당대의 답답한 심경을 그 누구보다도 훌륭히 노래로 소화한 건 사실이지만 「편안한 밤」 같은 노래에서는 다음과 같은 가사들이 눈에 띈다

나는 이 순간을 기다렸고, 내가 기다리던 그 순간이 찾아왔다

입을 다물던 이들은 더 이상 입을 다물지 않았고

더 이상 기대할 게 남지 않은 이들은 말 위에 올라타 전장으로 향했다

우리가 미처 따라잡을 겨를도 없이 이들은 멀리 떠났지만

잠을 청하는 이들이 있다면 부디 좋은 꿈 꾸길

편안한 밤이 되기를

사실 빅토르 최는 내면을 노래한 가수였으며 소소한 일상의 감정적 동요를 음악으로 표현해 내곤 했다

「우리는 변화를 원한다」를 포함해 그는 자신이 즐겨 노래하던 우울과 실의의 정서에서 결코 멀어진 적이 없었다

줄곧 삶의 힘겨움과 더불어 그 안에서 의미를 찾는 작업의 어려움을 노래해 온 것이다

손에는 담배를, 탁자에는 찻잔을

이것은 참으로 간단한 계획

그 외 나머지는 모두 우리의 내면에 있다

그가 28세라는 젊은 나이에 교통사고로 세상을 떠나자 모스크바 도심 아르바트 거리의 한 벽은 온통 그를 추모하는 메시지로 뒤덮여 오늘날 거의 역사적 기념물에 준하는 곳이 됐다

벨라루스의 민스크, 우크라이나의 드니프로, 카자흐스탄의 알마티 역시 비슷했고 1992년부터는 그의 곡 「마지막 영웅」과 동명의 타이틀로 제작된 우치텔의 다큐멘터리를 시작으로 여섯 편의 다큐멘터리가 제작됐다

하지만 무엇보다도 그의 인기가 지금까지 지속될 수 있었던 건 라디오 전파나 온라인 조회, 길거리 버스킹, 그 외 다른 팝 가수들의 헌정 공연 등을 통해 그의 음악이 흘러나온 덕분이다

그의 곡인 「혈액형」의 경우 유튜브에서 가장 조회가 많이 된 동영상 세 편의 조회 수를 합하면 무려 2천만 뷰가 넘는다

영화 또한 그의 인기가 지속되는 데 한몫했다

유리 비코프의 영화 「바보」(2011)에서는 주인공이 부패한 시정의 간계에 훼방을 놓아 붕괴가 임박한 건물 주민들을 구하는 대목에서 빅토르 최의 「편안한 밤」 전곡이 흘러나온다

안드레이 자이세프 감독도 영화 전체를 그의 노래로 구성하는 패기를 보였다

「할일 없는 사람들」(2011)이란 제목의 이 작품에서는 그의 노래들이 오늘날 러시아의 일상과 어떻게 맞아떨어지는지 보여준다

세르게이 로반의 영화 「샤피토 쇼」(2011)의 경우 프랑스에서는 하계 시즌 동안 슬며시 개봉돼 버렸지만 러시아에서는 컬트 무비로 자리 잡았다

이 영화에서는 '구소련 최고의 낭만적 영웅'이라 불리던 한 인물에 대한 존경의 마음을 위트 있게 담아낸다

하지만 빅토르 최의 전설에 관심을 둔 것은 영화계만이

아니었다

그의 사후에 관련 도서들도 다수 출간됐으며 낭만주의의 표상이자 최후의 반항아, 빅토르 최의 모습을 담은 조각상도 여럿이다

2009년 상트페테르부르크에 세워진 그의 조각상 외에도 2018년에는 영화가 촬영된 알마티에서 「이글라」에 등장하는 떠돌이 자객 모로의 모습으로 그의 조각상이 세워졌다

뿐만 아니라 러시아 도처에 그의 이름을 딴 거리나 공원이 존재한다

2018년 말 프랑스에서 개봉한 영화 「레토(여름)」(8)에서 키릴 세레브렌니코프 감독이 빅토르 최의 초창기 시절에 대해 짚어 보는 한편(나는 이 영화에서 빅토르 최가 기타를 메고 숲을 지나오던 장면이 가장 좋았다), 그의 사망 1년 후 세상을 뜬 언더그라운드 록 가수 마이크 나우멘코와의 만남에 대해 다룬 이유는 단지 과거 속에 잊힌 한 인물을 되살리기 위함만은 아니었다

그보다는 모두에게 친숙하고 모두가 아끼는 이 인물이 오늘날 가지는 의미를 재해석하려던 의도가 더 컸다

우울하면서도(아니다, 그는 상징적이고도 시적인 가사의 노

래를 묵직한 저음으로 아름답게 노래한다) 변화에 대한 열망을 담은 그의 노래는 오늘날 또다시 우리의 마음속을 예리하게 파고든다

감미로우면서도 서글픈 순간으로 영화를 마무리한 것 또한 감독 나름의 의도가 있다

지난 역사를 돌이켜보면 빅토르 최의 세대가 꿈꾸던 혁명은 미완의 상태이기 때문이다

빅토르 최는 이제 막 변화의 조짐이 이는 세상 앞에서 무너진 희망을 상징하는 인물이자 자기 안으로 파고 들고자 하는 자유에 대한 채워지지 않는 욕구를 표상한다

손에는 담배를, 탁자에는 찻잔을
그 외 나머지는 모두 우리의 내면에 있다

(3)이태준, 「고완(古翫)」, '우라지오스토그'는 '블라디보스토크'

(4), (5)Alexandre Jitinski & Marianna Tsoï, 『빅토르 최의 시와 기억, 그리고 관련 기록들 Viktor Tsoï. Poèmes, souvenirs, documents(러시아어)』, Novy Gelikon, Saint-

Pétersbourg, 1991

(6)Rchid Nougmanov, '야하 Yahha', Yahha.com 사이트 인터뷰(러시아어)

(7)Lev Gankin, '나는 변화를 원한다! - 키노의 노래는 어떻게 러시아에서 정치적 슬로건이 됐으며, 빅토르 최는 왜 이를 원하지 않았나?'(러시아어), 〈Meduza〉, 2017년 6월 20일, https://meduza.io

(8)영화 「레토」는 감독의 두 번째 프랑스 개봉작으로, 앞서 2016년 「사제」가 프랑스에서 개봉된 바 있다, 하지만 키릴 세레브렌니코프 감독이 영화계에 입문한 건 1990년대로 거슬러 올라가며 「레토」는 2001년 칸 영화제에서 최우수 OST 부문의 상을 받았다, 국내에 「레토」가 개봉될 당시에 세레브렌니코프 감독은 러시아 당국에 의해 수감된 상태였다, 빅토르 최 역으로 나왔던 유태오가 참여한 시사회에서 나는 이 영화를 봤다

(9)(2)빅토르 최는 외제니 즈본키네 Eugénie Zvonkine가 르몽드에 발표한 것을 변형하여 인용한 것이다, 몇 구절을 읽고 외제니 즈본키네 역시 불란서 고아인 것을 바로 알았다, 불란서 고아들은 언젠가는 만난다, 무한의 창가에서,

손에는 담배를 탁자에는 찻잔을 두고서

ⓒ장드파

*

평평평 눈이 내리는 암살의 시대다(10)

눈은 오브제 오마주 오랑캐

눈은 먼 곳으로부터 왔다가 다시 먼 곳으로 사라진다

(10)아르튀르 랭보, 「암살의 시대(Voici le temps des Assassins)」

「암살의 시대」를 쓴 랭보에 대해 말라르메는 이렇게 말한다

나는 그를 알지 못했지만 어느 문학 모임에서 한 번 본 적이 있었다

그는 키가 컸으며 운동선수처럼 강인해 보였다

갸름한 얼굴은 추방당한 천사와 같았고 빗질하지 않은 밝은 갈색 머리는 헝클어져 있었고 눈동자는 옅은 푸른색이었으며 출판되지 않은 아름다운 시를 써 나간 손은 농부의 손처럼 커다랬다

짐 모리슨을 죽음으로 데려간 건 무엇이었나(11)

빅토르 초이(12)는 이 시에 왜 다시 등장하는가

눈은 밤새도록 내리고 도마뱀의 왕은 짐을 바라보는데

빅토르 최는 빅토르 초이를 하염없이 바라보는데

나는 어찌하여 그대와 다르고 그대는 왜 나와 달라야

하는가

눈을 들어 하염없이 떨어지는 눈발을 바라보면

떨어지던 눈발은 왜 잠시 허공에 멈춰 서서

내 눈동자를 바라보는가

눈의 이름을 묻는다

눈의 이름을 묻는다

시는 시에 대한 일종의 파업 상태에 있다

(11)1971년 3월 13일 짐과 그의 여자 친구 파멜라 커슨은
센강과 바스티유 구역 사이에 있는 보트레이 거리 17번지
의 수수한 아파트로 이사했다

그가 파리에서 살기로 한 이유는 시인이 되기 위해서였다

외모가 바뀐 탓에 사람들은 짐을 잘 알아보지 못했다

오후가 되면 그는 카페 드 플로르의 테이블에 앉아 혼자서 맥주를 마셨다

간혹 누가 말을 걸어 오면 그는 공손한 태도로 조용히 대꾸했다

그는 매일매일 자신의 아파트에서 공책과 신문 기사 오려낸 것들에 둘러싸인 채 타자기 앞에서 시를 쓰며 시간을 보냈다

영화감독이었던 아네스 바르다는 그가 노래를 멈추고 무대 한 켠에 앉아서 담배를 피우던 모습을 기억하고 있다

그럴 때면 관객들은 숨을 멈췄다

공연장에는 마지막 숨을 내쉬기 직전과 같은 침묵이 잠시 흘렀다

죽기 얼마 전인 6월 말경 플로르 카페에서 짐을 만났던 친구들은 짐이 주로 시에 대해서 얘기했다고 기억한다

7월 3일 짐의 사망에 대한 두 가지의 상반된 기록이 있다

첫 번째 내용은 건강에 문제가 없어 보였고 기분도 좋아

보였던 짐이 욕조 안에서 잠든 것처럼 죽었다는 것

두 번째 내용은 짐 모리슨이 7월 3일 밤에서 4일 새벽까지 파리 시내의 로큰롤 서커스에 있었는데 몸이 별로 좋지 않은 상태에서 헤로인을 맞았을 가능성이 있다는 것

로큰롤 서커스의 화장실은 옆의 알카자르 클럽의 화장실과 통해 있었고 짐은 그곳에서 의식 불명 상태로 발견됐다는 것

그러나 나는 분명한 진실을 알고 있다

짐 모리슨의 죽음은 약물 과다복용으로 인한 돌연사가 아니다

짐을 죽음으로 몰아간 것은 개인의 의지도 타인의 계략도 아니었다

그를 죽음에 이르게 한 것은 단 한 편의 시였다(13)

(12)빅토르 초이는 1962년 6월 21일, 소련 레닌그라드에서 아버지 로베르트 막시모비치 초이(최동열)와 우크라이나계 러시아인 어머니 사이에서 슬하 무녀독남 외동아들로 출생하였다

친조부 막심 초이(최승준)는 본래 대한제국 함경북도 성진 출생이었고 후일 일제 강점기 초기에 러시아 제국으로

건너간 고려인 출신이었다

소련 레닌그라드에서 출생하였으며 지난날 한 때 소련 카자흐스탄 사회주의 자치공화국 크질오르다에서 잠시 유아기를 보낸 적이 있는 빅토르 초이는 17세 때부터 노래를 작곡하기 시작했으며 초기 곡들은 레닌그라드 거리에서의 삶, 사랑과 친구들과의 어울림 등을 다루고 있다

노래의 주인공은 주로 한정된 기회만이 주어진 채 각박한 세상을 살아 나가려는 젊은이였다

이 시기에 록은 레닌그라드에서만 태동하고 있던 언더그라운드의 한 움직임이었으며 음악 차트 등의 대중 매체들은 모스크바의 팝 스타들이 장악하고 있었다

소련 정부는 자신들의 입맛에 맞는 가수들에게만 허가를 내 주었고 집과 녹음실 등 성공에 필요한 많은 것들을 제공하여 길들였다

그러나 록 음악은 그 당시 소련 정부에게 너무도 마땅치 않은 음악이었다

록은 자본주의 진영의 록 그룹의 영향을 받았다는 것 외에도 젊은이들을 반항적으로 만들었으며 의사 표현의 자유 등 표현 관련 가치를 중시했다

따라서 록 밴드들은 정부로부터 거의 원조를 받지 못했고 관영 매체에 의해 마약 중독자나 부랑자라는 편견으로 그려지는 수준이었다

빅토르 초이는 레닌그라드에 있는 세로프 미술전문학교에 입학하였으나 결국 1977년에 퇴학 처분을 받았다

그 후 레닌그라드 기술전문학교에서 목공업을 공부하였으나 적성에 맞지 않아 또 중퇴하였다(이와 같은 사항들로 인하여 그의 학력은 전문대학 중퇴이다)

그러나 그는 그럼에도 불구하고 계속 록 음악에 열성적으로 참여한다

이 시기에 이르러 그는 보일러 기사로 일을 하면서 파티 등의 장소에서 자신이 만든 곡을 연주하기 시작한다

그러던 중 한 연주를 록 그룹 아쿠아리움의 멤버였던 보리스 그레벤시코프가 보게 되어 그레벤시코프의 도움으로 그는 자신의 밴드를 시작하게 된다

당시 레닌그라드의 록 클럽은 록 밴드들이 연주할 수 있던 소수 장소에 속했다

이곳의 연중 록 콘서트에서 빅토르 초이는 처음 무대에 데뷔하게 된다

그는 두 명의 아쿠아리움의 멤버들이 연주를 맡은 가운데 솔로로 연주한다

그의 혁신적인 가사와 음악은 청중을 사로잡았다

그는 아무도 하지 않았던 새로운 것을 창조하기 위해 실험적으로 가사와 음악을 만들었다

이런 시도는 성공을 거두고 데뷔 이후 얼마 지나지 않아 멤버들을 모아 '키노'를 결성한다

그들은 빅토르 초이의 아파트에서 데모 테이프를 만들고 이 테이프는 처음엔 레닌그라드, 그리고 나중에는 전국의 록 마니아들에게 퍼지게 된다

1982년 키노는 첫 앨범인 45(소로크 피아트, 러시아어로 45라는 뜻)를 발표한다

이 앨범의 이름이 45로 정해진 것은 이 앨범의 재생시간이 총 45분이었기 때문이다

후에 46(소로크 쉐스찌)라는 앨범도 냈다

이 앨범에서 빅토르 초이는 음악에 정치적 목소리를 내려는 의지를 내비친다

「엘렉트리치카(Elektrichka, 소련의 광역 전철)」라는 노래는 전차에 실려 원하지 않는 곳으로 가고 있는 사람의 이야기

를 다룬다

이런 가사는 분명히 당시의 소련에서의 삶을 은유한 것
이었으며 이 노래는 공연이 금지된다

이 노래의 메시지로 노래는 반항운동을 하던 젊은이들
사이에 유명해지며 키노와 빅토르 초이는 그들의 우상으
로 떠오른다

제2회 레닌그라드 록 클럽 콘서트에서 키노는 자신의 정
치색을 더욱 분명히 드러낸다

키노는 빅토르 초이의 반전음악 작품인 「내 집을 비핵화
지대로 선포한다」로 1등을 차지하고 이 노래는 당시 수만
의 소련 젊은이들의 목숨을 빼앗고 있던 소련의 아프가니
스탄 침공으로 더욱 더 유명해진다

1987년은 키노의 해였다

7집 앨범 「혈액형(Gruppa krovi)」은 '키노마니아'라 불리
는 사회 현상을 불러 일으킨다

글라스노스트로 조금 더 개방적이 된 정치상황은 그의
가장 정치색이 짙은 앨범인 「혈액형」을 만들 수 있게 했다

그러나 앨범의 메시지만이 청중을 사로잡은 것이 아니었
고 앨범에 담긴 음악 또한 이전에는 듣지 못하던 것이었다

대부분의 곡은 소련의 젊은이들을 향한 외침이었으며 능동적으로 나가서 국가를 변화시키라고 호소했다

몇 개의 노래는 소련을 옥죄고 있던 사회문제들을 다루고 있다

이 앨범은 빅토르 초이와 키노를 러시아 젊은이들의 영웅으로 등극시켰다

1988년에는 영화 「이글라」의 주연으로 영화배우로 데뷔하기도 하였다

이후 몇 년간 그는 몇 편의 성공적인 영화를 찍었으며 영화제에 그의 영화를 홍보하기 위해 미국을 다녀오기도 했다

이후 몇 개의 앨범이 더 나왔으며 대부분이 정치적 메시지를 담았으며 밴드는 인기를 유지했다

그는 당시 소련 젊은이 모두의 우상이었지만 그런 것에 비하여 그는 소위 비교적 보통 수준의 삶을 살았다

그는 캄차트카라 불리는 아파트의 보일러실에서 살며 일했다

그는, 자신의 직업을 즐기고 있으며 정부의 보조를 받지 못하고 있고 자신들의 앨범은 공짜로 복제되어 퍼지기 때

문에 밴드를 유지하기 위하여서라도 약간의 돈이 필요하다고 밝혔다

이런 소박한 삶의 방식은 대중들이 그와 더욱 친밀감을 느끼기에 매우 충분했다

1990년 키노는 모스크바의 레닌 스타디움에서 콘서트를 열어 6만 2천의 팬들을 모았다

1990년 8월 14일 다음 앨범의 녹음을 마쳤으며 레닌그라드에서는 다른 멤버들이 녹음을 위해 기다리고 있었다

그러나 8월 15일 아침 소련 라트비아 소비에트 사회주의 공화국 투쿰스에서 빅토르 초이가 운전하던 차가 마주 오던 버스와 충돌하였고 그 사고로 죽고 말았다

그가 운전하였던 차는 형체를 알아볼 수 없도록 망가졌으며 타이어 하나는 결국 찾지 못했다

여러 사람들의 증언에 의하면 KGB가 의도적으로 초이를 살해했다고 한다

평소 반전과 평화 사상을 주장하던 초이가 러시아 권력자들의 눈 밖에 났다는 것이다

실제로 버스기사가 종적을 감추고 초이에게 유리한 목격자들의 증언이 기각되었으며, 낚시를 좋아하던 초이는

졸음운전을 전혀 하지 않았으며 오히려 버스가 초이의 차로 돌진했다는 것, 시체가 봉인된 관에 담겨 가족에게도 공개되지 않은 채 서둘러 매장되었다는 사실 등 의문스러운 점이 한두 가지가 아니지만 현재 러시아 경찰과 정부는 27년 동안 이 사안에 대해 철저히 침묵하고 있다

1990년 8월 17일 소련의 유력 잡지인 콤소몰스카야 프라우다는 다음과 같이 그의 죽음의 의미를 간추린다

빅토르 초이는 우리나라 젊은이들에게 다른 어떤 정치인들보다도 중요하다

왜냐하면 그는 한 번도 거짓말하거나 자신을 팔아먹은 적이 없었기 때문이다

그는 빅토르 초이였고 그렇게 기억될 것이다

그를 믿지 않을 수 없다

대중에게 보인 모습과 실제 삶의 모습이 다름없는 유일한 로커가 빅토르 초이이다

그는 그가 노래 부른 대로 살았다

그는 록의 마지막 영웅이다

놀랍게도 교통사고에서 온전하게 건질 수 있었던 유일한 것은 다음 앨범에 쓰일 그의 목소리를 담은 테이프였다

목소리는 남은 멤버들의 나머지 녹음과 합쳐져 현재는 '블랙 앨범'으로 불리는 앨범으로 남아 있다

이 유작 앨범은 밴드의 가장 인기 있는 작품이고 러시아 록 역사에 있어서 키노의 자리를 확고하게 했으며 빅토르 초이를 최고의 영웅이자 전설로 만들었다

빅토르 초이는 아직도 러시아 전역에서 흔적을 남기고 있다

레닌그라드 벽에는 그에 대한 그래피티가 그려져 있고 모스크바의 아르바트 가에는 한 벽 전체가 그에게 헌정되었으며 그곳에는 그를 기리기 위해 수시로 팬들이 모인다

사망 10주기였던 2000년에는 러시아의 록 밴드들이 모여 빅토르 초이의 38번째 생일을 맞아 빅토르 초이의 헌정 음반을 만들었다

2010년 8월 16일은 그의 20주기로 러시아 곳곳에서 추도식이 있었다

또한 2018년에는 그와 그 주변의 일대기를 다룬 영화인 「레토」가 개봉되었으며 한국에는 2019년 1월 개봉되었다

「레토」는 칸 영화제에서 사운드트랙 필름 어워드를 수상하였다

빅토르 초이가 죽었을 때 그의 나이는 만 28세였다

(13)삶은 일종의 삶에 대한 파업 상태를 유지할 때 충분히 고독해지고 아름다워진다

짐의 관심사는 보들레르와 랭보를 불러낼 수 있는 도시인 파리에서 시를 쓰는 데 있었다

짐은 샤를르 보들레르가 멋쟁이 댄디 청년 시절을 보냈던 케당주 17번지의 로쟁 호텔을 보기 위해 일 생 루이 지역을 돌아다닌 바 있다

센강의 왼쪽 둑에 있는 몽파르나스는 짐이 파리에서 제일 좋아했던 지역이었다

그는 오스카 와일드가 한때 살다가 죽은 보자르 거리의 조그만 호텔에서 잠시 묵기도 했다

짐은 생제르맹데프레 구역의 카페 거리와 카페의 단골 손님들에 대해서도 알고 있었다

카페 르슬렉의 피카소 카페 되 마고의 장드파 그리고 카페 드 플로르의 자기 자신까지도

헤밍웨이가 그랬고 에즈라 파운드가 그랬고 헨리 밀러가

그랬던 것처럼

　그는 미국을 떠나 파리로 자발적인 유배를 떠났고 7월 3일에서 4일 사이 삶을 마감했다

　1971년 죽기 전까지 파리에서 보낸 몇 달이 짐의 가장 아름다운 삶이었다

　짐은 페르라셰즈에 묻혔다

　묘비에는 '짐 모리슨 1943~1971'이라고만 새겨져 있다

　이것이 그가 남긴 단 한 편의 시였다 만 27세였다

*

옛날은 눈이 내리는 밤이었다

눈이 내리는 밤은 모두 옛날이었다

시는 일종의 시적 파업 상태에 있다

시는 일종의 시적 파업 상태에 있다

동네에서 가장 가까운 프랑스

동네에서 가장 가까운 프랑스는 어디인가
나는 아무것도 하고 있지 않네
솔잎에 맺힌 빗방울처럼
아무것도 하지 않기 위해 뭔가를 하고 있네
어제는 『동네에서 제일 싼 프랑스』(1)를 주문하고
(1)서정학 시집, 오늘 아침엔
자전거로 출근하는 길에 은행에 들려 입금하였네
동네에서 제일 싼 프랑스란 뭔가
오늘은 날이 흐리네 흐리다 맑기도 하네
올여름은 유난히 덥고 길 거라는데
동네에서 제일 싼 프랑스를 주문하고
그리운 그대에게는 여전히 가지 못하네
나는 아무것도 하고 있지 않네
솔잎에 맺힌 빗방울처럼
아무 것도 하지 않기 위해 뭔가를 하고 있네
동네에서 가장 가까운 곳에는 프랑스가 있고
동네에서 가장 먼 곳에는 봄 같은 그대가 있을 테지만
동네에 홀로 남아 사막의 별이나 바라보고 있네
바람이 불 때마다 흔들리는

네온사인 간판을 단 별들의 주점을 바라보고 있네
보지만 말고 이제는 가야지
이이제이할 바람을 타고 가야지
나는 아무것도 하고 있지 않네
솔잎에 맺힌 빗방울처럼
아무것도 하지 않기 위해 뭔가를 하고 있네
후두둑 후두둑 이파리에 떨어지는 빗방울처럼
동네에서 가장 가까운 프랑스처럼
솔잎에 맺힌 빗방울처럼

낭만, 적

나무 아래서 우리는 킬킬대며 담배를 피운다
나뭇가지 사이에서 거미줄이 햇살에 반짝인다
누군가 묻는다
저 거미줄은 뭐지?
아마 북한의 소행일 거요
거미줄을 쳐다보지도 않고 난 대답한다

거미를 체포하라
저 거미가 너무 아름다운 시를 낭송했다

빅토르 최는 한때
혜화동에 살았지

내가 너의 이름을 부르면
혜화 혜화 웃으며
활짝 꽃이 필 것만 같았던 동네
혜화동 로터리 동양서림에서
누군가의 꿈을 기록한 한 권의 책을 사고
그 기쁨에 금문에 들려
자장면을 시키곤 했던 동네
마로니에 공원의 플라타너스 잎들이 질 때면
학림다방 2층 창가에 앉아 커피를 마시고
지나가는 구름들에게 편지를 쓰고 싶었던 동네
서울에서 내가 살고 싶어
자발적으로 선택한 첫 동네
수많은 청춘들이 통기타 하나로
자신의 삶을 노래하던 동네
밤늦은 시간이면
공연을 끝낸 빅토르 최와 함께
늦은 시간까지 술잔을 기울이던 동네
내 청춘이 걸어갈 때마다
혜화 혜화 꽃들이 피어나던 동네

내 사랑의 긍지와 비참이
보도블록 아래 함께 묻혀 있는 동네
나 이제 돌아가고 싶어도 갈 수 없는
내 청춘의 미쁜 혜화동

악양

걸어서 악양에 도착했다

악양 사월엔 바람도 많더라

한산 세모시 같은 바람이 무성한 대숲을 웅성웅성 지나
오더라

질그릇 같은 악양 들판 가득 푸른 보리들만 출렁이더라

악양 사월엔 푸르디푸른 가슴들도 딱딱한 땅에서 태어
나더라

그래도는 풀잎은 풀잎끼리 나무는 나무끼리 낄낄대며
깔깔대며

바람에 잘도 흔들리더라

악양 사월엔 살구나무 가지처럼 근심 많은 나

어느 산 틈에도 깃들지 못하고

평사리 하얀 강물 위로 속절없는 보름달로나 뜨더라

사랑은 가장 순수하고 밀도 짙은 연민이라던

경리 선생의 말이 한 마리 울음처럼 들려오던 밤

술에 대취한 나는 걸어서

그렇게 악양을 지나 왔더란다

서울을 떠나며

　그대가 나에게 건네던 말들은
　언제나 한 편의 시였네
　무정부주의자처럼 허공을 떠돌던 마음이 패, 경, 옥과
함께
　지리산으로 떠납니다
　그 곳엔 여전히 별 헤는 밤이 남아 있을지
　프란시스 잠과 라이너 마리아 릴케와 착한 당나귀는 여
전히
　나를 기다리고 있을지

히네랄리페정원이 보이는 다락방

그라나다가 함락되던 저녁에도
누군가는 커피를 마시고 있었을까
알함브라 궁전의 벽 모서리에 무엇인가를 적던 마음은
히네랄리페정원의 물망초 같은 마음
바람이 불면
바람이 우리를 데려가겠지만
세상의 모든 성곽을 지나온 마음이
알바이신 언덕의 뒷골목을 헤맬 때
갈증의 청춘을 적시며 가슴으로 밀려오던
알함브라여, 이제는 기억으로만 남은
영광의 세월이여
누대의 아름다움을 병 속에 담았나니
알함브라 커피여
내 마음이 함락되는 이 저녁에도
누군가는 한 모금의 커피를 마시고 있구나
추운 겨울바람이 창문을 두드릴 때
욕조의 물은 아직 따뜻하고
알함브라 커피를 마시며
히네랄리페정원의 삶을 생각하노니

하루 중 가장 맛있는 담배는
욕조에 몸을 담그고 피우는 담배
담배 연기 속에는 누군가의 생각도 함께 피어나느니
알함브라 커피를 마시는 날에는
그라나다를 생각한다
몰락한 왕조의 저녁을 생각한다

빛 속에 칠현금

갱지처럼 노오랗게 물든 나뭇잎을 바라보며
담배를 피우는 것은 좋은 일이다
노오랗게 떨어진 낙엽들의 책장을 넘기며
나뭇잎의 종생기를 읽어 보는 것도 좋은 일이다
발끝에 부딪혀 바스락거리며 사라지는 것들
흙에서 나와 흙으로 돌아가는 것들의 종생기를 읽으며
그들을 애도하는 것은
지상에 함께 존재했던 것들에 대한 최소한의 예의
사물에 대해 예의를 갖추는 것은 좋은 일이다
나에게는 좋은 일들이 많아서
그 많은 좋은 일들을
그대와 함께 나누고 싶다고
생각하는 것은 좋은 일이다
나에게는 자꾸만 좋은 일들이 많아서
좋다고 생각하는 것은 좋은 일이다
아침부터 날씨는 쌀쌀하고
좋은 일들은 지금 희미한 안개 속에 묻혀 있는데
혼자 이룩하는 산책의 끝에 그대가 있다는 것은
오늘 아침 일 중에 가장 좋은 일이다

사랑과 혁명의 시인

가을을 빼앗긴 것도 아닌데
하늘은 마지막처럼 파아랗고
마음을 다 내어 준 것도 아닌데
바람 앞에서 나는 서러웁다
담배 한 대를 피워 물면
새롭게 돋아나는 별의 지도
그대가 남기고 간
스물일곱 개의 초저녁
별들이 뜨는 밤
오늘은 그대를 위해
한 소절 노래를 부르나니
삶은 스스로 꿈꾸는 한 편의 시
툭툭 눈발을 털며
새로운 행성처럼 오라
오, 사랑과 혁명의 시인
윤동주

관산융마

관산융마(關山戎馬)라 했지 쓸쓸한 말이겠거니 생각했다

서도의 노래라 했다 노래를 들으며 술을 마시고 있었는
데 창밖에는 허공 가득 눈이 내리고 있었다

설마, 눈 위를 달리는 말이라!

썰매의 어원이라 했다 누구의 말인지는 모른다고 했다

시의 제목을 뭐라 할까 생각하다 그냥 관산융마라 했지

누가 뭐래도 관산융마라는 말이 좋아졌는데 왜 갑자기
그 말이 좋아졌는지는 나도 몰라

무엇이 왜 좋은지를 알고 싶은데 나는 잘 모른다

그래도 그게 좋고 그게 사랑스럽다

가령 곤쟁이젓, 꼴뚜기젓!

찻잔에서 무엇을 읽어 드릴까요?

어두워지는 창가에 앉아 한 잔의 차를 마시며 누군가
저 자신에게 고즈넉이 속삭인 말이다

오늘밤에는 눈이 내릴 것 같고 쌀쌀한 어둠 속에서는 바
람이 분다

담배를 피워야겠으니 창문을 열어야겠다

창문을 열면 와락 별빛들 쏟아질 텐데

방 안 가득 별빛이 쌓이더라도 담배를 피워야겠다

달 보러 가자

이천십팔 년 일월 삼십일 일 아들에게 두툼한 외투를 입으라고 한 뒤 아비가 아들에게 한 말이다

아비는 이번 생애에는 이것이 마지막인 것 같구나

춥고 쓸쓸한 일월의 마지막 밤 삼십오 년 만에 우주적 볼거리가 펼쳐진다는 밤

연중 가장 큰 달이 뜬다는 슈퍼문 한 달에 보름달이 두 번 뜬다는 블루문 개기월식 현상으로 달이 붉게 보인다는 블러드문

이 모든 현상이 한꺼번에 이루어지는 아름다운 우주의 풍경이 삼십오 년 만에 일어나고 있다

이 현상은 앞으로 십구 년 후에나 볼 수 있다는데

십구 년 후면 이 지상에 없을지도 모를 아비는 옥상으로 올라가 담배를 피워 물고 한참이나 달을 보고 있다

아들은 밤하늘을 향해 계속 카메라 셔터를 누르고 아비는 그런 아들을 향해 눈동자의 셔터를 누른다

그러니까 십구 년 동안은 밤하늘을 쳐다보며 이 행성을
견딜 수 있으려나
　개기월식의 어둡고 추운 밤 누군가는 또 여전히 쓸쓸하
고 출출한가 보다
　슈퍼 문을 열고 나오는 누군가의 비닐봉지에는 달보다
환한 지상의 양식이 담겨 있다
　아비는 이 모든 광경을 향해 실체도 없는, 심장의 셔터
를 누른다

*

　문득 고개 들어 바라본 천지사방 눈발이 날리고 있다
　눈 위를 달리는 말이라 설마
　누구의 말인지는 모른다고 했다
　겨울 깊은 속으로 파묻혀 가는 희디흰 고독의 말
　관산융마라 했다
　쓸쓸한 오랑캐의 말이겠거니 생각했다

독립적인 영혼

담배를 피운다, 독립적인 영혼의 표식이다

눈이 내린다, 예술가들이 사랑한 날씨의 표상이다

동북면 여진족 함타이치가 회합에 참석하지 못함을 알려왔을 때 오랑캐들은 서운했을 것이다

가랑잎처럼 떠돌던 오랑캐들은 바람이 불면 가랑잎 모이듯 그렇게 회합을 갖는데 그들은 자신이 쓴 시나 떠돌며 보았던 세상의 풍경들을 행랑에 집어넣고 온다

술은 자신이 즐겨 마시던 것을 한 병씩 허리춤에 차고 온다

어느 해인가 머리를 산발한 서북면의 무사가 취생몽사라는 술을 들고 온 적이 있는데 원래는 허락되지 않는 술이었으나 그의 사연을 들은 모두는 음주를 허락하였다

함타이치의 불참은 여러 추측을 낳았는데 그중 우세한 것은 말을 타고 북관을 지나 캄차카반도를 지나 타이가의 깊은 숲 속으로 산행을 떠났다는 것이었고

또 한 가지는 누군가의 '보고 싶소'라는 네 글자 전보를 받고 역시 말을 타고 부리나케 투루판과 우루무치를 지나 바이칼 쪽으로 향했을 거라는 거였다

어쨌거나 오랑캐들은 세상의 풍문으로부터 자유롭다

불량은 양호하지 못함이 아니라 세상과 불화하는 독립적 영혼의 오래된 습성이나니

그들은 거칠고 투박하지만 사랑의 감정으로 뜨겁다

어눌하지만 단호한 말투로 세계의 숨겨진 비밀을 드러낸다

동북면 여진족 함타이치의 무사 귀환을 바란다

오, 오랑캐들이여 함께 마시자

바람이 분다, 살아 봐야겠다

쉽게 쓰여진 시는 없다
아우슈비츠가 사라졌어도 서정시를 쓰기 힘든 시대에
모두 다 제 속에 거대한 감옥을 세우고 사느니
서정이 사라진 시대에 서정시를 쓴다는 것은 너무나 어
렵다
지성이 감성을 데불고 어디로 가느냐
묻지 마라, 지성도 감성도 명왕성도 사라진 시대에
또 다른 행성에서는 샘물 같은 지성이 솟고
불꽃같은 감성이 피어나느니
그대 눈에는 그대 가슴팍에는
그저 쉽게 쓰여진 시만 펄럭이며 나부끼고 있구나
인류여, 나의 이름을 묻지 마라
나는 그대에게 다가간 적 없고
그대 입술에 사랑을 고백한 적 없나니
적이 없어서 사랑을 사랑할 수 없는 나에게
사랑이라 불리는 그대여
더 이상 인간의 사랑을 발설하지 말아다오
고독이 메마른 나무들과 손잡고 걸어가는 오후의 거리
에서

나는 나의 고독과도 여전히 화해하지 못하나니

그대의 사랑이 끝이 없어서 나는 하냥 외로웠을 뿐

하냥내 외로워 나는 그대 사랑을 모독했을 뿐

인간의 말이여, 인간의 말로 뒤덮인 한 장의 벌판이여
세계여

나는 아무도 모르는 슬픔이이서

인간 이전의 시간이어서

나는 여전히 시 밖의 아쿠스메트르(1)

그대가 나를 모르듯 나는 여전히 그대를 모른다

바람이 불어오고 그칠 때마다 아무리 고개를 저어 봐도

시여, 그대는 언제 나에게로 오는가

나에겐 아직 단 한 편의 시도 없는데

*

(1)미셸 시옹에 의하면, '아쿠스메트르acousmêtre'는 영화
의 화면 밖에 음향적으로만 존재하면서 전지적 힘을 발휘
하는 존재

폴 발레리는 「해변의 묘지」에서 바람이 분다, 살아 봐야

겠다고 말한다

　그 구절을 제목 삼아 두루 두루, 두루마리처럼 풀어서
다시 변주해 봤다

톰은 죽어서 사랑스럽게 기다린다
— Tom Waits Dead and Lovely

오래도록 역병이 가시지 않은 거리에 바람이 불었지
거리를 지나온 바람이 내 뺨에 와 닿을 때
겨울이 깊어 갈수록 겨울의 깊이 속으로
펑펑펑 쏟아지던 눈
눈의 이름을 물으며 한 걸음 두 걸음
의미 없는 걸음일지라도 나는 걸었지
아무 의미 없는 삶이란 지상에 존재하지 않으니
걸었지 자꾸만 걷다 보면 언젠가는
별빛 속 거미줄을 따라 저 먼 허공으로 떠나겠지만
겨울바람이 불어올 때면 나는 생각했지
싸락눈 흩날리던 조그만 다락방에서
네 노래를 듣던 좌파적 저녁
공연이 끝난 후
나 홀로 천천히 걸어 호텔로 돌아오던
스톡홀름의 밤, 자정의 별빛을
스칼라극장에서 공연이 끝나면
우리는 선술집에 모여 노래를 부르곤 했던가
술에 취해 나도 정선 아라리를 불렀던가
우리의 노래는 간혹 저 멀리 오슬로까지 날아가기도 했

지만
　　세상은 어둡고 밤은 끝나지 않아
　　사람들은 늘 절망의 끝에 앉아 있었지
　　그러나 세상이 어려울수록
　　예술가들에겐 아름다운 하나의 의무가 있지
　　슬픔에 빠진 지상의 인민을 위로해야 할 의무
　　그래서 우리는 죽어서도 외롭지 않았지
　　아직도 자정 너머로 눈발이 쏟아지는 날이면
　　우리가 도착했던 세상 끝 항구에는 여전히 바람 불고
　　눈은 펑펑 내리는데
　　죽은 것들이 외려 사랑스러운 밤이 있지
　　밤새 눈이 내려 너는 눈 속에 묻혀 가는데
　　너는 춥지 않고 외롭지 않고 여전히 사랑스럽지
　　죽어서 사랑스럽게 우리를 기다리고 있지

겨울밤이면 스칼라극장에서

스톡홀름의 겨울밤, 잠 못 이루는 사람들이 따스한 온기
를 찾아 모여 들곤 하던 스칼라극장 로비 바에서 나는 언
제나 이방인 광대였네

침묵을 연기하고 고독을 연기했지

내가 가장 잘하는 연기는 바의 모퉁이 자리에 앉아 술
마시는 연기

그곳의 저녁은 언제나 두 겹의 어둠을 입은 듯했지

일찍 어두워지는 대낮의 어둠과 저녁의 본질적인 어둠
나는 두 겹의 어둠 사이에서 술을 마셨네

한번은 좀 더 밝아지기 위해 한번은 어둠보다 더 어두워
지기 위해

스톡홀름의 겨울밤, 잠 못 이루는 사람들이 하나 둘 모
여드는 스칼라극장 로비 바에서 나는 커다란 스웨터 속에

몸을 숨긴 이방인이었네

누군가는 핀란드어로, 누군가는 폴란드어로 안부를 물어 왔지만 나는 고독과 침묵의 대가, 안부를 묻는 그들에게 대답 대신 담배를 나누어 주었지

그것이 나의 유일한 대답

미처 다 하지 못한 말처럼 북구의 밤하늘에선 밤새 눈이 내리고 있었네

한번은 좀 더 밝아지기 위해 한번은 어둠보다 더 어두워지기 위해

담배 한 갑

누군가의 잃어버린 시간을 읽고 있는 겨울밤

누아르적인 분위기는 처음부터 없었지

눈이 내리는 겨울밤은 모두가 잃어버린 시간

엄밀히 말해서 그녀는 돌아갈 집이 없었다

일을 계속하지 않으면 집도 없어지는 셈이었다

그러니 세계여, 닥쳐!

저녁이 오면 우리는 그저 고요히 있고 싶을 뿐

이 겨울밤을 날 수 있는 담배 한 갑이 필요할 뿐

무계획적으로 눈이 내리는 밤이면

작은 플라스틱 욕조에 뜨거운 물을 받아 놓고

몸을 담근 채 누군가 쓴 시 한 편을

오래도록 천천히 읽고 싶을 뿐

그것이 이번 겨울을 나는 무계획의 계획일 뿐

데카르트는 아침에 일어나는 게 힘들었다

데카르트는 아침에 일어나는 게 힘들었다

매일 새벽 5시에 일어나 스웨덴 여왕 크리스티나에게 철학을 강의하던 데카르트는 결국 심한 감기에 걸렸고 1650년 2월 11일 스톡홀름에서 폐렴이 악화되어 죽었다

기분이 좋을 때면 머리를 빡빡 깎곤 했던 마야콥스키는 1912년 12월 「대중의 취향에 따귀를 때려라」라는 선언문을 발표했다

유서 세 번째 줄에 "릴리, 당신을 사랑하오"라고 쓴 그는 1930년 4월에 권총 자살했다

1966년 「관객모독」을 발표하며 문단에 혜성처럼 등장한 페터 한트케는 2019년 스웨덴 한림원으로부터 노벨문학상을 받았다

「관객모독」으로 시작된 '낯설게 하기'가 53년 만에 '작가모독'으로 돌아온 셈이다

담배를 피워 문 혁명이 나를 쳐다보지만 창문을 열고 나도 담배 한 대를 피워 문다

겨울의 빛이 어느새 곁에 당도해 있다

건조한 듯 물기를 머금은 겨울의 빛은 유리창을 지나 스웨터에 닿는다

무심한 듯 따스한 빛, 누군가는 그걸 빛의 호위라 부르고 또 누군가는 빛의 과거라 부르겠지만 나는 그냥 겨울의 빛이라 부른다

항온동물에게 겨울의 빛은 늘 체온처럼 그리운 것일 테고 그것은 저 먼 곳으로부터 와서 스웨터를 통과한 뒤 심장의 내면에 닿는다

창밖을 보니 은행나무는 무수히 많은 비밀들을 달고 마치 아무 비밀도 없는 것처럼 그렇게 화안하게 서 있다

바람이 불더니 여기저기 노란 은행잎들이 떨어져 나뒹군다

행인들의 발길에 부딪히는 세상의 비밀들, 어느 날 은행나무는 자신의 이파리들을 모두 지상으로 떨군 뒤 앙상한 진실로 그 자리에 서 있을 것이다

끝끝내 드러낼 수 없는 내면의 비밀을 간직한 채 마치 자코메티의 조각처럼 그렇게 서 있을 것이다

온몸으로 비밀을 말하지만 결국은 드러낼 수 없는 뿌리의 비밀만이 지구의 내면을 향해 통곡하고 있는 시간

누군가의 통곡 소리를 듣는 달팽이관이거나 세반고리관이거나 유스타키오관 속에 신은 있을 것이다

망치뼈, 모루뼈, 등자뼈를 지나 달팽이관을 맴돌던 소리의 입자들은 겨울의 빛 속에서 마치 철학자의 방처럼 빛날

것이다

 산책길 위로도 겨울은 왔다

 겨울의 빛을 머금고 있는 낙엽들은 상해임시정부의 비밀 문서보다 더 낡아 손으로 만지면 바스러질 듯하다

 바람이 불 때마다 이리저리 휩쓸리는 낙엽들은 어디론가 쫓기는 여진족 같고 바람이 불 때마다 하늘에서 이동하는 구름들은 마치 유목민의 천막 같다

 인류는 먼 옛날에는 사냥과 수렵과 유목을 위해 떠도는 떠돌이였을 텐데 언제부터 콘크리트로 된 단단한 집들을 짓고 이토록 삭막한 도시에 정착하게 된 것일까

 편리한 삶이 미적으로 아름다운 삶이 아닌 이유는 뭘까

 자본주의적 삶이 대다수의 사람들에게 행복하지 않은 이유는 뭘까

나의 핏속에는 아직도 유목민의 피가 흐르고 있어 도시에 살면서도 여전히 방랑하는 꿈을 꾸곤 한다

어두워지면 다락방으로도 눈발이 칠 것이다

밤이 오면 무엇인가 성스러운 것이 탄생하고 있을 것이다

무엇인가 성스러운 것이 탄생하고 있는 밤은 모두 성탄제의 밤이다

언제부터인가 종류별로 조금씩 소금을 수집했다

소금에 대한 전문적인 지식이 없는 나로서는 소금 생산지의 지명에 이끌려 소금을 구입하는 경우가 많았다

가끔은 세상의 잡다한 맛에 식상해 소금 커피를 만들어 먹기도 했다

소금과 커피만으로 이루어진 소금 커피를 마시는 날은 이상하게도 마음은 아득하게 슬퍼지고 멀리 있는 사람들에게까지 마음이 가닿곤 했다

인간에 대한 혐오와 애증이 마음속에서 싹트던 무렵이었을 것이다

구입했던 소금 중에 기억에 남는 것은 카마르그와 게랑드 소금이다

우리나라로 말하자면 신안 염전 같은 불란서의 카마르그 습지와 게랑드 지방에서 난 소금이었을 것이다

굳이 구분하자면 카마르그 소금은 입자가 가늘고 곱게 빻여 있어 섬세한 짠맛을 가지고 있었고 게랑드 소금은 카마르그보다 입자가 굵어 일반적인 음식에 짠맛을 더하거나 삶은 달걀을 찍어 먹기에 좋았다

10여년 전에 산 두 통의 소금은 아직도 여전히 사용 중

인데 게랑드 소금은 조금 남아 있고 카마르그 소금은 아직 절반 이상이 남아 있다

10여년이 지났는데도 소금 고유의 맛을 유지한다는 게 신기하기도 하다

소금의 맛을 먼저 보고 구입할 수 있는 게 아니었으니 아마도 소금을 구입할 때의 기준은 소금의 이름이었을 것이다

나는 이 두 통의 소금으로 얼마나 더 많은 음식을 해 먹고 얼마나 더 좋은 글을 쓸 수 있을지 몹시 궁금하다

하늘에서 내리는 눈은 가끔 소금과 비슷한 느낌을 준다

피부에 와 닿는 느낌이나 시각적 느낌이 마치 저 먼 허공에서 누군가 인류를 위해 소금을 뿌려 주는 듯한 느낌을 받을 때도 있다

창문을 여니 소금 같은 눈발이 세상의 어둠 속으로 떨어지고 있다

소금이 귀했던 시절 소금을 확보하는 것은 국가적 정책이었을 것이다

실제로 소금을 확보하기 위해 전쟁을 벌이기도 했으니까 말이다

말 그대로 당시 소금은 小金이 아니었을까

더 이상 소금이 귀한 음식 재료가 아닌 시대에 사는 인류는 과연 행복할까

모든 것이 풍족해, 역설적으로 사물에 대한 소중함을 망각한 시대에 나는 나에게 당도한 두 통의 소금을 보며 카마르그 습지와 게랑드 지방 염부의 거친 손마디를 생각한다

노동의 가치가 제대로 인정받는 곳에 인류는 당도해야

한다

인류를 지탱해 온 기본적인 것들에 대한 소중한 의미를 망각할 때 인류는 결코 회복할 수 없는 상황으로 흘러갈 것이다

그런 최악의 지점까지 인류가 당도하지 않길 진심으로 바란다

나는 지금 한 명의 시인으로 소금에 대하여 생각하고 있지만 이것은 모든 시인의 의무며 사명일 것이다

스탕달의 연애론에 나오는 잘츠부르크 소금 광산의 예를 들지 않더라도 누군가는 소나무 가지에 엉킨 소금 결정을 다이아몬드로 인식하고 누군가는 그냥 소금 결정체로 본다

사물을 바라보는 가치관과 인식이 서로 다른 까닭이다

사실 누군가에게는 잘츠부르크 소금광산의 소금 결정체가 다이아몬드보다 더 소중하기 때문에 그는 소금을 그냥 소금으로 바라본다

리얼리즘의 다이아몬드다

소금 같은 눈발이 치는 오늘밤이 어쩌면 성탄제의 밤일지도 모른다

휘슬러가 안개를 그리기 전까지 런던엔 안개가 없었다고 오스카 와일드는 말한다

한 예술가에 대한 최대의 찬사다

나도 그런 찬사를 받은 적이 있던가

하지만 그러한 객기조차 그리워지는 밤이 있다

바로 오늘처럼 어둠을 가로지르며 떨어지는 소금 같은

눈발을 보며 겸손해지는 밤이다

이 글을 처음 시작했을 때 나는 데카르트나 페터 한트케에 관한 이야기를 쓰려고 했었다

또 이 세계의 내면을 구름처럼 떠도는 쓸쓸한 불란서 고아들에 관한 글을 쓰고 싶었다

그러나 나의 글은 아무래도 소금에 관한, 아니 어쩌면 소금을 제외한 그 모든 것에 대한 글이 될 수도 있을 것이다

평소 지포라이터와 담배 케이스를 가지고 다닌다

가끔 심심할 때면 담배 케이스의 그림을 바꿔 붙인다

최근에는 앨런 무어와 데이비드 로이드가 그린 『브이 포 벤데타』에 나오는 가이 포크스 가면을 쓴 V의 모습이 좋아 그것을 오려 담배 케이스에 붙였다

어떤 상징적 의미를 생각하며 의도적으로 그림을 붙인 건 아니지만 그림이 붙여진 담배 케이스를 볼 때마다 나는 V를 보게 되고 V의 미소를 다시 한번 생각하게 된다

콧수염을 달고 웃고 있는 V의 미소는 아름답다

V의 미소가 아름답게 느껴진다는 것은 나를 둘러싼 세상이 아름답지 않다는 반증이기도 하다

"빗방울 속에 신이 있다"라는 말을 어느 시에 쓴 적이 있다

그 말이 정확히 어디서 온 것인지 기억하지 못하는 나는 『브이 포 벤데타』에서 온 것이 아닐까 하는 생각에 최근에 중고서적을 파는 서점을 뒤져 앨런 무어와 데이비드 로이드 원작의 그래픽노블을 구입해 읽으며 샅샅이 뒤져 보았지만 그 어디에도 그런 말은 나오지 않았다

아마 그 말이 끝내 「브이 포 벤데타」에서 온 것이라면

아마 워쇼스키 형제가 쓴 영화 각본에서 왔을 가능성이
높다

　누군가의 말 속에 신이 있다

　밤에 잠이 오지 않아 책꽂이 맨 위 칸에 꽂혀 있던 데카
르트의 『방법서설』을 꺼냈다

　그동안 쌓인 먼지를 좀 털어 내고 비닐에 감싸인 책표지
를 보고 있노라니 밤안개처럼 감회가 밀려온다

　책을 구입할 때는 분명 노란색이었는데 표지는 어느새
감잎 빛깔로 변해 있다

　책 구입 연도는 1989년, 비닐을 드나든 공기들의 흔적,
30년 산화작용의 결과이다

　감잎 빛깔로 변한 표지 자체가 한 편의 장엄한 서사시
같아 표지에 그려진 데카르트의 얼굴을 한참 들여다본다

방의 한쪽 구석엔 수염을 기른 몰리에르가 눈앞엔 수염을 기른 데카르트가 있다

그들을 바라보는 나 역시 수염을 길렀다

조금씩 자라나는 수염 속에 인류를 위한 시가 있다

언제부터인가 사람들의 프로필을 볼 때 수염을 기른 얼굴에 마음이 간다

원래 수염이 나지 않는 여성들의 얼굴에서도 나는 간혹 내면의 수염을 본다

수염이 형성하는 얼굴의 지도에는 그 사람이 살아온 만큼의 구불구불한 길들과 섬세한 감정의 지점들이 그대로 노출되어 있다

다락방의 문을 열면 어느새 세상의 저녁은 누군가의 수

염처럼 길게 어둠을 드리운다

  기온이 급격하게 떨어지면서 간혹 흰 수염처럼 획획 눈발이 친다

  눈발이 치는 오늘밤이 어쩌면 성탄제의 밤일지도 모른다

  날씨가 쌀쌀해지면서 떨어지던 눈은 함박눈으로 바뀔 태세다

  빗방울 속에 신이 있다면 눈발 속에도 또 다른 형태의 신이 있을 것이다

  눈의 형상을 한 신, 눈은 허공에서 태어나 허공을 떠돌다 지상에 떨어져 쌓인다

  눈의 소리를 듣는다

  눈의 이름을 묻는다

허공에서 조금씩 돋아나는 눈발 속에 또 다른 형태의 신이 있다

눈에 보이는 세계는 수많은 입자들의 결정체다

눈에 보이지 않는 세계 또한 눈에 보이지 않는 수많은 입자들의 결정체일 것이다

보이든 보이지 않든 수많은 입자들의 결정체가 사물을 이룬다

그러나 사실 이 세상엔 결정체라는 것이 아예 존재하지 않을지도 모른다

모든 사물들은 끊임없이 유동적이며 변하고 있기 때문 이다

칼 세이건은 마르쿠스 아우렐리우스의 말을 변용하여

우주에 존재하는 지구라는 행성을 '창백한 푸른 점'이라고
말한다

　우주적인 관점에서 보면 지구라는 행성조차 창백한 푸
른 점, 하나의 입자에 지나지 않는 것이다

　입자 속의 입자 속의 입자 속에 어쩌면 전 우주를 껴안
을 위대한 생각이 있다

　생각 속에, 누군가의 코기토 속에 가장 확실한 신이 있
을 것이다

　데카르트는 아침에 일어나는 게 힘들었다

　하지만 저녁이면 모든 것이 생생하게 살아났다

　위대한 예술가, 철학자는 밤에 속해 있기 때문이다

　함박눈이 쏟아지는 오늘밤이 어쩌면 성탄제의 밤일지도

모른다

데카르트는 아무튼 아침에 일어나는 게 힘들었다

그러나 지금은 밤이다

예술가들이 사랑하는 위대하고 성스러운 밤이다

밤새 함박눈이 펑펑 내려 아침을 다 뒤덮어 버릴 것이다

오늘 새벽 강의는 없을 것이다

아침이 오기 전 우리는 우리가 꿈꾸는 모든 것을 이룰
것이다

멀리 떨어진
가장 가까운

눈들이 말을 타고 허공의 벌판을 달려가던 겨울 진부, 허공을
떠도는 행성들을 하염없이 바라보았다, 눈 속으로 또 다른 눈
이 내릴 때 생각했다 거기에도 누가 살까 눈 속에서도 누군가
담배를 피우며 이곳을 바라볼까, 276쪽의 고독을 다 지나가면
닿을 수 있을까, 겨우내 나는 눈의 이름을 묻고 눈은 나의 이
름을 묻고 있었다

돌하, 노피곰 도두샤
어긔야 머리곰 비취오시라

바싹 말라 죽은 줄 알았던 나무
그래도 지난겨울 내내 물을 주었지
뿌리가 얼을라
추운 겨울밤엔 물을 끓여 먹이기도 했지
데려올 때부터 새침하던 라일락은 여전히 침묵하고
아무리 불러도 대답 없는 배롱나무는 고독해 보였지
겨우내 불안해하며 새봄에 치를 장례식을 걱정했네
여기가 무슨 침묵수도원이냐
같이 얘기도 하고 좀 놀잔 말이다
이월은 헤어짐의 달
그러나 헤어지기 싫었네
헤어지기 싫은 마음이 끝내 보았네
좁쌀 같은 혀를 삐죽 내민 배롱나무의 새순을
만지면 터질 듯 단단하게 부푼
라일락 새순의 몽오리를
나에게 새봄은 이렇게 오고야 마는 것이었네
여름이 오면 너희들 그늘 밑에서 책을 읽고
가을이 오면 너희들이 읽고 버린 낙엽의 책들을
내 소중하게 다시 읽으마

또다시 겨울이 와도 이제는 불안해하지 않으마
가끔씩 감자 몇 알을 구워 먹으며
너희들에게도 따뜻한 물을 주리니
그 옛날 백제 처녀의 마음 같은 배롱나무여
그 옛날 신라 처녀의 가슴 같은 라일락이여
그 옛날 고구려 총각의 순정 같은 새봄이여

지구라는 행성을 오래 바라본 적이 있다
영화의 기본 구조가 지구의 자전이라면
시의 기본 구조는 지구의 공전이다

어떤 저항의 멜랑콜리
―― 프렌치 얼 그레이 백작에게

오늘은 날이 흐려 저녁이 너무 일찍 찾아 왔다

낡은 녹색의자에 기대어 앉아 세상의 모든 음악을 듣
는다

창가의 산국화 바람에 흔들리는 저녁

말안장 위에 작은 등불을 밝히고

오랜 동무가 써 보낸 글을 읽노라면

조금씩 어두워지다 다시 화안하게 밝아지는 저녁

그대는 잘 있는지

난 하루에 밥은 한 끼

책 읽고 글 쓰고 가끔 산책을 하기도 해

요즘은 해 질 녘도 좋고 동 틀 무렵도 좋더라

밤새 꼼지락거리다 맞이하는 아침의 햇살과 바람

그런 게 밤과 낮을 이루는 소립자가 되어야 하는 건 아
닐까

그런 게 삶과 시의 본질적 성분이 되어야 하는 건 아닐까

물리적 고립이 형성하는 공간,

감정의 고독을 유지하기 위한 시간의 사용

그런 걸 나는 저항의 멜랑콜리라 부른다

공간이 만들어 낸 무한의 고독이라 부른다

이런 생각들과 더불어 오는 아침의 맑은 공기와 풍경들
이 나는 좋다

아침이 오면 숲 속으로 펼쳐진 오솔길을 따라 천천히 걷
는다

걸을 때마다 발밑에서 돋아나는 풀잎과 작은 돌멩이의
행성들

이런 걸 감정의 무한, 저항의 멜랑콜리라 부르고 싶어지
는 거다

그럴 때면 저 멀리 두고 온 세상을 향해

이렇게 한 마디하고 싶어지는 거다

그러니, 세계여 닥쳐!

희미한 옛 사랑의 그림자가 보내준 프렌치 얼 그레이
차를

한동안 뜯어 보지도 않은 채 선반에 놓아두었다

바람이 불 때마다

가볍게 먼지처럼 흩어지며 겨우 존재하는 세계여

한 마리의 추억이 구름처럼 이동하고
다시 허공에 봉인되는 백 년 동안의 고독 속에서
옛 사랑 같은 건 옛날에나 있었고
옛날은 아직, 여전히, 오지 않은 날들이었나니
이 세상의 모든 사랑은 끝내 옛 사랑으로 남으리라

선반에서 얼 그레이 차를 꺼내보는 저녁이다
찻잔 속에서 맑은 눈동자 하나 돋아나
얼 그레이 얼 그레이, 초저녁 별빛처럼 번지는데
늦은 저녁 속으로는 하염없이 비가 내려
세상의 모든 음악은 비에 젖고 있다
저녁연기처럼 피어올라 컹컹컹 소리를 내며
허공으로 흩어지는 순한 짐승의 울음소리여
세상의 모든 음악은 끝나고
세상의 모든 삶이 다시 시작되는 이 시각에도
누군가는 밤새 등불 곁에 앉아 책을 읽고
누군가는 밤새 리스본의 타호 강변을 서성거리고
누군가는 밤새 담배 한 대 피워 물고 고요히 삶을 횡단
하느니

뜨거웠다 식어 가는 한 잔의 프렌치 얼 그레이 차를 마
시며
아직 오지 않은 추억이
하염없이 창밖의 생을 바라보는 저녁이다
그토록 오랫동안 삶을 꿈꾸던 자가 처음으로,
처음으로 바라보는 낯선 저녁이다

세상의 모든 저녁이다

아름다운 시절은 흩어져
여인의 등에서 반짝인다

파울 첼란의 시에 이런 구절이 있었던가
아름다운 시절은 흩어져 여자의 등에서 반짝인다고(1)
(1)우대식의 「정선을 떠나며」를 읽는 저녁이다

피레네 산맥을 넘던 벤야민과
눈 내리는 함흥의 밤을 걷던 한설야는
이 밤 어디까지 갔을까
아무리 추운 계절이 와도
그대의 욕망은 선하고 아름답다
삶의 불안과 적막이 파도처럼 요동칠 때
난바다의 파도로부터 내륙의 고요한 심장부까지
편편의 눈은 한 장의 평화처럼 내린다
눈의 고요 눈의 쓸쓸함 눈의 지고지순
눈을 바라보며 담배를 피우는 자는
늘 어디론가 떠나려는 자
늘 어디에선가 돌아오려는 자
사랑이 톱밥 난로처럼 타오르는 곳에
제재소는 숙명처럼 남아
아직 오지 않은 추억을 대패질한다

문풍지 한 장이 가려주던 겨울의 따스함을
여인네의 등에 남아 반짝이던 시절을
누군가는 기억한다
기억이 만들어 나가는 미래
아니 미래는 만들어 나가는 게 아니라
누군가의 기억이 이미 피워 놓은 불씨
불씨를 물고 대륙풍에 몸을 맡긴 채
새 한 마리 하늘로 날아오르고 있다
이제 사북에서 갈아타야 하는 정선선 열차는 없다
다만 별빛을 따라 그 오랜 옛길을 가다 보면
그곳엔 기적처럼, 열차의 기적소리처럼
누군가 당도해 있을 게다
두 장의 별빛을 넘기고
두 개의 펄럭이는 언덕을 넘어가면
두 겹의 삶이 하나로 맞닿아 총총 별빛으로 이어지는 곳
숲으로 난 오솔길을 따라가면 오, 오랑캐의 계절이
감정의 무한처럼 펼쳐져 있는 곳
이절이라는 곳
아름다운 시절은 다시 모여들어 산등성이에서 반짝이

리니
　여인네의 등처럼 아름다운 산 아래로 등불같은 눈이 내
리면
　누군가는 걸어서 깊은 밤을 산책하고
　누군가는 돌아와 불꽃의 자서전을 읽고
　누군가는 젖은 외투를 말리며 고요히 생각에 잠기리니

　아름다운 시절은 흩어져
　여인의 등에서 반짝인다

이절극장

이절에 조그만 오두막을 짓기로 생각한 후
마음은 숭어처럼 뛴다
산다는 것은 뭔가 심장이 뛴다는 것이고
이제 나는 조금씩 살아가려나 보다
오두막 주변엔 자작나무로 울타리를 삼고
앞마당엔 라일락과 목련, 사과, 자두, 올리브나무
마당 끝엔 살구나무와 감나무, 로즈마리를 심어야지
은행나무는 정선초등학교에 700년 된 것이 있으니
따로 심지는 않을 거야
수돗가엔 앵두나무를 심어야지
마당 한 편엔 작은 도서관을 만들 거야
바람이 쓴 문장들을 새들이 물고 날아오르겠지
병풍처럼 둘러쳐진 앞산에는
밤이면 별빛들이 쏟아져
아름다운 한 편의 영화를 상영하겠지
말년에 고려극장 야간 수위를 했던 홍범도 장군처럼
나는 밤마다 이절극장 야간 수위가 되어
그리운 동무들을 맞이할 거야
이곳은 알마아타의 고려극장보다 더 먼 이절극장

빡빡한 삶의 일절은 삶 스스로 부르게 놔두고
나는 앞산 아래를 휘감고 흐르는
이절 강가 백사장에 앉아
흘러가는 강물결의 북이나 두드리며
풀잎의 음악을 연주하리니
그대들은 이곳으로 와 노래하라
그대들이 꿈꾸던 삶이 바야흐로 펼쳐지는 이곳은
구름의 파수꾼들이 바람의 말을 타고 당도하는 곳
아름다운 날씨의 추적자들이 은밀히 접선하는 곳
세상 끝 이절극장

＊언젠가 강원도 정선의 이절리나 굴암리, 가수리 정도에 조그만 오두막
하나 지을 수 있으면 좋겠다, 그리운 동무들 언제든 찾아와 맘껏 담배를
피울 수 있는 양지바른 곳에 지상의 오두막 하나 있으면 좋겠다

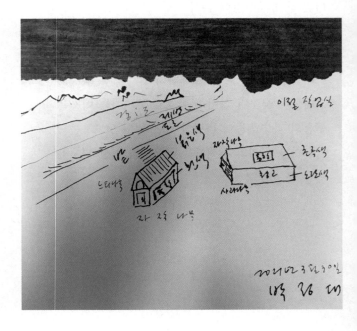

추운 사월

내게 남아 있는 것이 별로 없구나
사랑하는 이와 친구들은 멀리에 있고
내게 남아 있는 것은 새잎이 돋아난
이팝나무 몇 그루와
나무들을 줄지어 세워 둔 텅 빈 길 하나
저녁이면 어둡고 텅 빈
이팝나무 가로수 길을 바라보며
홀로 술을 마시나니
봄이 되어도 홀로 있는 세상은 춥고
나는 아무리 걸어도 봄에 당도할 것 같지 않다
한 잔의 술을 마시고 나는 또 잠에 드나니
모든 것은 꿈속에만 있고
꿈속에 보이는 것도 모든 것은 아니구나
일찍 삶을 버린 친구를 생각하며
홀로 술을 마시는 저녁
인생은 적막하다 못해
적지의 심장부 같구나
여진을 금을 흥안령과 아무우르를
배신하고 떠나온 곳에서도

생은 깊고 춥고

나는 여전히 빈 벌판 위에 있다

불취불귀(不醉不歸)

취하지 않으면 돌아가지 못하리

돌아가기 위해 밤새 술을 마시지만
돌아가고 싶어도 이제는 돌아갈 곳이 없구나

돌아갈 곳은 이미 안개 속으로 사라져
그곳이 어디였는지 기억나지 않는 저녁

별빛 아래 모든 것이 이토록 황량했다니
구름 아래 모든 것이 이토록 고독했다니

별빛 아래 구름만이
더 깊은 어둠 속으로 흘러가리라

사월인데도 서늘한 바람이 불어
봉창문을 닫고 눈과 귀를 끄고 홀로 술을 마시는 저녁

술 한 잔이 밝혀 주는 옛 행성의 모닥불

아무리 생각해 봐도
나의 고향은 끝내 나였으니

아무리 마셔도
불취불귀라

취하지도 않고 돌아가지도 못하리

흐리고 때때로 비

가만히 앉아서 커피를 마시고 담배를 피우면
창밖은 흐리고 때때로 비
누군가 울고 있는가 보다
나를 대신해 서럽게 울고 있는가 보다
처음에는 갈 곳이 없어 방 안을 서성이다
이제는 방이 나의 거대한 행성이 되었구나
누군가는 온 세계의 뒷골목을 헤매고
누군가는 하릴없이 적막한 생각의 뒷골목을 헤매고
또 누군가는 보이는 곳을 모두 걸어 이 삶을 횡단한다
1788년 런던에서 태어나 평생을 절뚝이며 삶을 통과한
바이런은
끝내 1824년 7월 4일 그리스 미솔롱기에서 삶을 마쳤지
평생을 싸움터만 찾아다닌 바이런
영국에서 이탈리아에서 터키에서 그리스에서
그가 찾으려 했던 삶의 의미는 무엇이었을까
빛의 현관에는 언젠가 아름다운 석양이 들겠지만
폐허가 돼 버린 삶의 성곽에서
누군가는 여전히 아무도 보지 않을 깃발을 올리고 있
는가

깃발이여, 허공 가득 펄럭이는 상념의 무거운 먹구름이여
오늘도 나를 대신해
누군가 걸어서 저 먼 허공을 횡단하는가 보다
나는 지상의 외딴 방에서 커피를 마시고 담배를 피우
나니
창밖은 흐리고 때때로 비
삶이 많이 젖어 있구나

이절에서의 눈송이낚시

일단 웃고 나서 혁명, 아지즈 네신은 말한다
일단 맞고 나서 혁명, 박정대는 웃으며 말한다

8월 초에 코로나 백신을 맞을 것이다
이번 주까지 《시와 사상》에 어떤 사상도 담지 않은 시를
써서 보낼 것이다
그것은 8월의 일요일에 쓴 시가 될 것이다

그러나 내가 어떤 시를 써도 인류가 속한 이 세상은 바
뀌지 않을 것이다
인류에 대한 혐오가 연민으로 바뀌는 캄캄한 밤이 오기
전까지 그 어떤 시도 인류에게 스스로 다가가지 않을 것
이다

얼마 전부터 보스망스는 젊었을 적의 일화들을 머릿속
에 떠올렸다(1)
(1)파트릭 모디아노의 어떤 소설의 첫 구절이다, 그의 스
타일이다

2백 년 만에 처음이라는 찌는 듯한 6월의 더위가 도시를 집어삼켰다(2)

(2)『세상이 끝날 때까지 아직 10억년』의 첫 구절이다, 아르카디 스트루카츠키·보리스 스트루가츠키 형제 스타일이다

장 드 라 퐁텐은 자신이 쓴 우화를 직접 낭송하는 것을 포기하고 그 일을 가슈라는 이름의 배우에게 맡겼다

나는 냅킨을 펼치면서 미셸에게 이번 연주에는 나무의자, 여배우, 테이블, 부싯돌과 촛불이 각기 하나씩 필요하다고 말했다

또한 물레, 실 꾸러미와 원형 수틀도 필요하다고 말했다

사과도 한 개 추가시켰다

7월 17일 나는 미셸에게 그 동화의 원고를 보냈다

어느 이름이나 하나같이 혀끝에서 맴돌기만 할 뿐이다(3)

(3)파스칼 키냐르의 「아이슬란드의 혹한」에 나오는 말이다, 역시 파스칼 키냐르 스타일이다

8월 31일에(8월 31일이 온다면) 30년 동안 근무한 직장에

서 나는 퇴직할 것이다, 코로나 2차 백신을 맞을 것이다

9월 10일에(9월 10일이 온다면) 강원도 정선에서 '정선에게 시를 묻다'라는 문학 토크를 할 것이다

11월에(11월이 온다면) 시집이 나올 것이다

『라흐 뒤 프루콩 드 네주 말하자면 눈송이의 예술』

누군가는 'L'art du flocon de neige'를 '라르 뒤 플로콩 드 네주'라 읽고 표기하는 게 맞다고 말하지만 나는 끝까지 '라흐 뒤 프루콩 드 네주'라고 읽고 쓸 것이다

외래어 표기법에는 원칙이 없다, 사실 모든 소리는 표기가 불가능하다, 불가능한 소리의 표기를 어떤 형태로든 기표 안에 잡아 두려는 간절한 안간힘, 그게 어쩌면 시다

시란 오르가슴의 향유이다, 시는 찾아낸 이름이다, 언어와 한 몸을 이루면 시가 된다, 시에 대한 정확한 정의를 내

리자면, 아마도 간단히 이렇게 말하면 될 듯싶다, 시란 혀 끝에서 맴도는 이름의 정반대이다(4)

(4)파스칼 키냐르는 「메두사에 관한 소론」에서 이렇게 말한다

나는 그의 말을 이렇게 바꿔 본다

시란 근원적인 감정의 공유이다, 시는 끊임없이 잃어버린 이름을 부르는 것이다, 언어와 한 몸을 이루면 시가 되지만 시는 시가 되는 순간부터 시로부터 멀어진다, 시에 대해 정의를 내리는 것은 거의 불가능하지만, 아마도 이렇게 말하면 될 듯싶다, 시란 여전히 시적 파업 상태에 있고, 시는 여전히 혀끝에서 맴도는 이름이다

키냐르의 의도와는 정반대로 나는 그의 말을 사용했다
이 밤도 여전히 혀끝에서 맴도는 이름들

가령 어느 날은 'Apollo moon landing hoax'를 '아폴로 문 랜딩 혹스'가 아니라 '아폴로 문 랜딩 확'으로 읽고 싶어지

는 밤도 있는 것이다

확, 아무 달에나 착륙하고 싶은 밤도 있는 것이다

갑자기 나는 현대화되는 일에 무관심해졌다 ── 롤랑 바르트

토요일 이른 아침, 나는 역 앞 광장에서 택시를 타고 레사블돌론으로 간다

도심을 벗어나자, 옅은 안개가 계속 되다가, 마지막 교차점을 건너고 나서부터는 더 짙은 안개 속으로 빠져들었다

도로도 풍경도 완전히 안개 속에 잠겨 버렸다, 아무 것도 분간할 수 없는 가운데서도 이따금 나무나 암소가 잠깐 동안 흐릿한 윤곽을 드러내기도 한다, 정말 아름답다

바닷가에 이르자 날씨는 갑자기 맑아진다, 바람은 좀 셌지만 하늘은 아주 푸르다, 구름들이 빠른 속도로 동쪽으로 이동한다, 나는 운전기사에게 팁을 주고 504 자동차에서

내렸다

어떤 이들은 너무 일찍 스스로 살아갈 수 없다는 공포를 경험한다, 사실 그들은 자신의 삶을 정면으로 적나라하게 아무런 배경 없이 통째로 바라보는 것을 참지 못한다

그들의 존재는 자연의 법칙에 예외라는 것을 나는 인정한다, 왜냐하면 이런 본질적인 부적응적 단절 상태는 유전적 적응 능력과는 별도의 문제일 뿐 아니라, 그것이 전제로 하는 과도한 명석성, 즉 평범한 존재의 지각 공식을 분명히 넘어선 명석성에 문제가 있기 때문이다

이따금 이런 참을 수 없는 단절이 접근 불가능한 절대성을 향한 빛나고 긴장되고 영원한 갈망으로 승화되기 위해서는, 그들만큼 순수하고 투명한 다른 존재를 그들 앞에 데려다 놓는 것으로 충분하다

한 개의 거울이 매일매일 똑같은 절망적인 모습만 비춰준다면, 평행으로 놓인 두 개의 거울은 밀도 높고 순수한

그물망 같은 상을 만들어 낸다

　그것은 사람의 시선을 세상의 모든 고통 너머에 있는 무
한궤도, 그 우주 공간의 순수성 속으로 끌고 간다

　나는 초원의 태양 아래 드러눕는다, 초원의 너무도 다정
하고 온화한 풍경 한가운데에 누워 있는 나는 지금 몸이
아프다

　참여, 기쁨, 감각의 조화 따위의 원천이 될 수도 있었을
모든 것이 이제는 고통과 불행의 원천이 되었다, 그와 동시
에 나는 아주 격렬하게 기쁨의 가능성을 다시 맛본다

　몇 년 전부터 나는 이론적인 파라다이스에서 세상과 밀
접한 관계를 맺으면서 살고 있는, 나를 닮은 유령의 주변을
맴돌고 있다

　오래전부터 나는 그를 만나는 것이 내가 할 일이라고 여
겨 왔다, 그런데 이제 끝났다

나는 점점 더 숲 깊숙이 들어간다, 지도에는 이 언덕을 넘으면 아르데슈 샘이 나온다고 되어 있다, 그런 것은 이제 관심이 없다

아무튼 나는 계속 간다, 샘이 어디에 있는지도 모른다, 이제 아무래도 상관없다, 그저 눈에 들어오는 풍경이 더욱 온화하고, 친밀감과 즐거움을 주는 것에 나는 만족한다

살갗이 아프다, 나는 심연의 한복판에 있다, 나의 피부가 나와 세상의 경계선이다, 외부 세계는 나를 짓누르는 압력이다

이렇게 분리되어 있다는 느낌은 절대적이다, 이후 나는 나 자신 속에 갇힌다
자기희생적인 융화는 일어나지 않을 것이다

인생의 목표가 없어졌다, 오후 2시다(5)
(5)미셸 우엘르베끄의 첫 소설 『투쟁 영역의 확장』에 나

252

오는 구절들이다, 미셸 우엘르베끄 스타일이다, 재미도 없고 잘 쓴 글도 아닌데 이상하게 좋다

시를 다 썼다, 새벽 2시다, 인생의 목표가 잠시 사라졌다

2022년 여름에는(2022년 여름이 온다면) 이절의 작은 숲에 있을 것이다

「이절에서의 눈송이낚시」를 쓰고 있을 것이다

아침부터 보스포루스 해협 횡단하기

보스포루스 해협으로 나뉜 이스탄불
오르한 파묵의 이스탄불
파묵 아파트가 있는 이스탄불
이란으로 가기 위해 잠시 머물렀던 이스탄불
이스탄불 공항 활주로에서 비행기가 이륙했을 때
사람들은 환호성을 질렀지, 금방이라도 추락할 듯
흔들리던 비행기 동체, 착륙할 때도 마찬가지였지
가끔씩은 흔들려야 아름다워지는 삶도 있지
그게 인류의 삶이지
이스탄불 공항의 흡연실은 세계 흡연 동지들의 집결지
각자가 내뿜는 담배 연기 속에는 각자의 사연도 깃들어
있지
그곳에서 이절은 카파도키아의 동굴집 만큼이나 멀지만
눈이 내리면 그 풍경은 같지
눈이 내리면 사람들은 눈송이낚시를 하지
인류가 위대해질 수도 있는 것은 눈송이낚시를 할 수 있
기 때문
눈의 이름을 묻고 눈과 어깨동무하고 함께 걸을 수 있기
때문

인류는 감자만 먹어도 아름답게 존재할 수 있다

아침의 창문을 열고 작은 숲을 바라볼 수 있으면 인류는 아름다워질 수 있다

천천히 강변 둑을 산책하며 여름 한철의 비단뱀들과 아름답게 인사를 나눌 수 있다면

코끼리가 살지 않는 곳에서도 인류는 거대하고 위대한 상념에 들 수 있다

강원도 이절에는 하늘을 나는 세상에서 가장 가벼운 코끼리 구름이 있고

이스탄불에는 하늘을 나는 흔들리는 비행기가 있지만

이스탄불에서

이절에서

나는 담배를 피운다

나는 어디에나 있고 어디에도 없다

나는 어디에도 없고 어디에나 있을 것이다

담배 연기는 흘러 끝내 어디로 가는가

이렇게 정다운 너 하나 나 하나는

어디서 무엇이 되어 다시 만나랴(1)

(1)김광섭 시인의 「저녁에」가 떠오르는 아침이다

울릉도에는 아름다운 북면이 있고 북면은 그 어디에 있
어도 아름답겠지만

아침부터 커피를 마시고 담배를 피우고 작은 숲을 바라
보며 시를 쓴다

이것이 「아침부터 보스포루스 해협 횡단하기」이다

상상만으로 겨우 존재하는 아침이 있다

물, 불, 흙, 공기가 아름답게 존재하는 아침이 있다

그러나 아직 인류에게 제5원소는 존재하지 않는다

오랑캐략사 리절 외전

한 송이 눈발로부터 모든 것이 시작되는 밤이 있다

깊은 밤이면 그의 노래를 들으며 시를 썼다
시를 쓰는 동안에도 밤새 이절에는 눈이 내리고
누군가의 페치카에서는 여전히 불꽃들이 타오르고 있
었다

그는 인터뷰를 하는 내내 깊은 한숨을 쉬었다
머리를 긁적이며 거세게 흔들기도 했다
인터뷰어는 비밀경찰처럼 집요하게 어두운 삶에 대하여
예술의 반동적 확장성에 대하여 추궁했다

창밖으로는 밤새도록 낭만적으로 눈이 내리고
낭만적으로 내린 눈은 금세 녹아 거리를 적시고 있었다
그의 말과 한숨들은 조용히 허공으로 번지며 시가 되고
있었다
시가 되지 못한 말들은 슬픈 표정으로 흩어졌다, 가
다시 되돌아와 누군가의 물음표 같은 귓바퀴에
고요히 내려앉고 있었다

어둠을 타개할 수 있는 방법은 두 가지
어둠을 지우며 내리는 저 눈송이의 본질을 탐구하는 것
또 하나는 밤의 옆구리에서
끊임없이 타오르는 불꽃의 노래를, 함께 부르며
스스로 한 점의 불꽃이 되어 열렬하게 타오르는 것

자유로운 의지여 어디에 있는가
대체 지금 누구와 함께 있는가
잔잔한 여명을 만났는가, 대답해 다오
그대와 함께하면 행복하고 그대가 없으면 슬프다
누군가 밤새 묻고 있었지만 아무도 대답하지 않았다

밤새 이절에는 눈이 내리고
봄부터 내리기 시작한 눈은 겨울까지 내리고 있었다
인터뷰를 끝낸 그를 위로하며
우리는 캄차트카에서 술을 마셨다
이절의 캄차트카는 누군가의 영혼이
불꽃이 되어 타오르던 거대한 생의 보일러

봄에도 보일러가 돌아가고
보일러는 겨울까지 돌아가고 있었다
봄에 시작된 생이 겨울까지 이어지고 있었다
봄에서 가을까지 숲 사이로 난 길을 따라
누군가 자전거를 타고
장을 보러 읍내로 가고 있었다
겨울에는 가지 않았다, 창문을 두드리는
눈송이를 홀로 둘 수 없기 때문이다

한 송이 눈발로부터 모든 것이 시작되는 곳에 이절의 밤
이 있다

이절은, 세상으로부터 가장 멀리 떨어진
이 세계의 내면
바람이 불 때마다 펄럭이는 한 장의 아름다운 계절
밤이면 밤마다 깊은 밤 깊은 곳으로
한 송이 눈발이 세상의 모든 눈송이를 데불고
환한 등불처럼 진군하나니

밤마다 눈이 내려 이절은 밤마다 축제

누군가는 밤새 '이절 국제 영화제'를 열고
누군가는 밤새 '이절 국제 음악제'를 개최하고
누군가는 밤새 '이절 국제 시 축제'를 벌이나니

세상에 내리는 눈은 언제나 첫눈

이절에서의 예술의 반동적 확장의 밤마다
폭설은 언제나 첫눈처럼 쏟아지고
밤새 허공을 떠돌다 지상으로 내려와 쌓이는 시

누군가 첫눈의 언어를 찾아 말을 타고 떠났다가
기나긴 밤의 대평원을 지나 이제사 이곳에 당도했으니
여기는 이절,
불꽃과 눈송이로 이루어진 단 한 편의 시

이절에서의 눈송이낚시

어제는 내내 무척 아름다웠다
숲 속의 음악, 내 머리칼 사이와 너의 내민 두 손 속의
바람, 그리고 태양이 있었기 때문에(1)

아름다운 오랑캐의 계절을 찾아가자

생선 비린내가 난다는 어성초, 하얀 꽃이 피는 계절이
오면 강마을에 사는 누군가는 쌀을 씻어 안치고 생선을
굽지

밥 짓는 저녁연기 피어오르면 조금씩 돋아나는 초저녁
별들, 호롱불 아래서 누군가는 어성초 편지를 쓰고 또 누
군가는 어성초 편지를 읽겠지

이절, 불란서 국화(菊花) 데이지 꽃이 피는 곳
돌배나무 꽃들이 지상의 별처럼 환하게 매달려 있는 곳

날이 밝으면 또 메기수염의 늙은이가 청배를 팔러 올 것
이다(2)

1

이절은 무엇인가

아름다운 오랑캐의 계절은 무엇인가 그런

말들은 거란의 말인가 여진의 말인가 바람에 흩어지는

가랑잎 같은 어느 오랑캐의 말인가

언어가 눈송이처럼 쏟아지는 밤

나는 아직도 나의 언어를 모른다

눈의 이름을 물으며 첫눈의 언어를 찾아

말을 타고 석 달 열흘 다시 길 떠나는 밤

말안장 위에서 여전히 타오르는 저 불꽃의 언어는

어디로부터 오는 것인가

일절은 여기서 끝

2

아름다운 오랑캐의 계절을 그냥 이절이라 하자

3

영화 「리틀 포레스트」를 보는 밤이다

나도 언젠가 내가 꿈꾸는 곳으로 갈 것이다

4

60알의 원두는 60가지의 상상을 제공한다 60알의 원두
는 내가 평소에 마시는 에스프레소의 양이다

아침에 일어나면 에스프레소 한 잔을 마시고 천천히 걸
어서 숲을 산책한다

교향곡 4번 「낭만적」은 커피와 산책으로 이루어진 작품
이다 그 작품을 쓸 때가 어쩌면 내 인생의 화양연화였다,
베토벤은 말한다

나도 한때는 삶이라는 직업을 꿈꾸지 않았던가

그러나 나에겐 아직도 더 많은 커피, 더 많은 담배, 그리

고 더 많은 몽상과 산책이 필요할 뿐!

5

한때는 아리따운 새악시의 손을 잡고 어디론가 사라지는 꿈을 꾸었다

아무도 모르는 곳에서 세상과 무관하게, 무책임하게 살고 싶었다

오롯이 산수유열매 같은 뜨거운 사랑을 나누다 떨어지는 눈발처럼 가뭇없이 사라지고 싶었다

그러나 생각해 보니 나는 아직 태어나지도 않았다

전생의 일이었던 것이다

6

폴리나 가가리나의 「뻐꾸기」를 듣는 밤이다, 원곡은 빅토르 최의 「꾸꾸슈까」이다

빅토르 최는 가수이면서 시인이었다 짐 모리슨도 마찬가

지였다

　내가 좋아하는 가수들은 왜 모두 시를 쓰고 노래를 불렀을까, 그것은 굳이 말하지 않아도 알 수 있는 것

　시는 종이에 녹음된 한 곡의 음악이기 때문이다

　다 쓰이지 않은 노래가 몇 개나 되는가

7

　눈의 이름을 물으며 첫눈의 언어를 찾아 말을 타고 떠났던 누군가의 시집이 조만간 나올 것이다

　『라흐 뒤 프루콩 드 네주 말하자면 눈송이의 예술』

8

　요즘 나의 생각은 이절에서 시작되어 이절로 끝난다 삶의 일절은 일절 생각하지 않는다

숲으로 가자 초승달 같은 강이 마을을 휘감고 흐르는
곳 밤이면 대낮보다 환한 달이 뜨고 초저녁 별들이 강변의
돌멩이들보다 더 크게 허공에 매달려 있는 곳

9

공간은 하나의 신이다

새로운 공간은 모든 것을 새롭게 창조하기 때문이다

10

쉬리, 버들치, 통가리, 열목어, 기르지 않아도 저 홀로 사
는 것들
자작나무, 돌배나무, 앵두나무, 산초나무, 생강나무, 목
련, 라일락

하늘이 주는 빛, 눈, 물 받아먹고 스스로 생을 이룩하는
것들

11

이절의 앞강을 이강이라 부르고
이절의 뒷산을 여량이라 부른들 누가 뭐라 하랴
문곡의 옛 이름은 물곰
문곡의 앞강을 문강이라 부른들 그 또한 누가 뭐라고
하랴
물곰에는 내 어린 시절 죽마고우가 살고
지금은 소리꾼이 되어 정선 아라리를 부르지
이절 다래마을을 뜻하는 월천(月川)은 원래 달내였겠지
ㄹ과 ㄴ이 흘러가는 강물 소리를 내며 부딪치다 달래가
되고
달래의 받침 ㄹ이 오랜 세월 말을 타고 타박타박 소리를
내며 사라져
다래가 되었겠지
시인은 사물에 아름다운 이름을 부여하는 자
이제부터 이절의 앞강은 이강 이절의 뒷산은 여량
그대가 두고 온 세상은 그냥 거기에 남겨 두고
일절 말하지 말 것 여기는 이절이니

이절이 좋아 이절에 와서 우는 작은 새여
여량이 좋아 여량에 와서 부는 바람이여
여기는 위대한 모성의 대지
세상의 변방을 떠돌던 오랑캐들 하나둘씩 모여들어
스스로 한 편의 장엄한 시가 되는 곳
이절에서 여량까지
누군가 걸어가며 생을 노래한다

이절엔 이강
문곡엔 문강
여량엔 오랑캐

12

소금기를 빼고 살짝 데쳐 먹는다
열 종류가 넘는 채소를 키우고
월동 준비에는 감자와 무가 필수적
눈 쌓인 길을 걸어갈 때는 설피가 실용적
누군가의 편지가 읽고 싶어지는 겨울밤은 회상적

방풍 나물은 무쳐 먹거나 튀겨 먹으면 맛있지

두릅은 너무 쇠기 전에 채취해서 잘 챙겨둘 것

시골에는 하루에 세 번밖에 버스가 다니지 않는다는 것

차는 있지만 가능하면 자전거를 이용할 것

자전거도 좋지만 가능하면 걸어 다닐 것

사람들과 어울리되 고독을 유지할 것

머위 된장에 밥을 먹을 때만 엄마 생각을 하는 불쌍한
인류

눈이 녹기 시작하면 감자를 심을 것

감자는 위대한 양식

감자로 만들 수 있는 음식은 수십 가지

감자가 없었으면 따스한 겨울과 평화도 없었겠지

그대의 단단하고 아름다운 생도 감자로부터 왔나니

꿈꾸는 자여 겨울을 나려면 감자를 준비하라

그런데 그 많은 감자를 쌓아 두던 낡고 허름한

부엉이 곳간은 지금 어디에 있는가?

아 감자! 창포물에 머리나 감자!

남쪽은 가수리, 북쪽은 진부

여기는 이절, 세상의 끝

18

옛날에 서울에서 출발한 열차가 예미, 자미원을 지나 사북에 도착한 후 열차를 갈아타고 별어곡과 선평을 지나면 당도하던 곳 저녁 아홉시가 되면 누군가의 무거운 행상 보따리가 기차에 실려 도착하던 곳 세상에서 가장 환했던 정선역의 역사(驛舍)

19

실례할게요

20

여인숙이라도 국수집이다

메밀가루포대가 그득하니 쌓인 웃간은 들믄들믄 더웁기
도 하다

나는 낡은 국수분틀과 그즈런히 나가 누워서 구석에 데
굴데굴하는 목침들을 베어보며 이 산골에 들어와서 이 목
침들에 새까마니 때를 올리고 간 사람들을 생각한다

그 사람들의 얼골과 생업과 마음들을 생각해 본다(3)

21

명태창난젓에 고추무거리에 막칼질한 무이를 뷔벼 익힌
것을 이 투박한 북관을 한없이 끼밀고 있노라면 쓸쓸하니
무릎은 꿇어진다

시큼한 배척한 퀴퀴한 이 내음새 속에 나는 가느슥히 여
진의 살내음새를 맡는다

얼근한 비릿한 구릿한 이 맛 속에선 까마득히 신라백성
의 향수도 맛본다(4)

22

　삼리 밖 강쟁변엔 자개들에서 비멀이한 옷을 부숭부숭 말려 입고 오는 길인데 산모통고지 하나 도는 동안에 옷은 또 함북 젖었다

　한 이십 리를 가면 거리라든데 한껏 남아 걸어도 거리는 뵈이지 않는다

　나는 어니 외진 산길에서 만난 새악시가 곱기도 하든 것과 어니메 강물 속에 들여다뵈이든 쏘가리가 한자나 되게 크든 것을 생각하며 산비에 젖었다는 말렸다 하며 오는 길이다

　이젠 배도 출출히 고팠는데 어서 그 옹기장사가 온다는 거리로 들어가면 무엇보다도 몬저 '주류판매업'이라고 써붙인 집으로 들어가자

　그 뜨수한 구들에서 따끈한 삼십오도 소주나 한잔 마시고 그리고, 그 시래기에 소피를 넣고 두부를 두고 끓인 구수한 술국을 뜨근히 멫사발이고 왕사발로 멫사발이고 먹자(5)

23

국수집에서는 농짝 같은 도야지를 잡어 걸고 국수에 치
는 도야지 고기는 돗바늘 같은 털이 드문드문 백였다
　나는 이 털도 안 뽑은 도야지 고기를 물구러미 바라보
며 또 털도 안 뽑은 고기를 시꺼먼 맨모밀국수에 얹어서
　한입에 꿀걱 삼키는 사람들을 바라보며
　나는 문득 가슴에 뜨끈한 것을 느끼며 소수림왕을 생각
한다 광개토대왕을 생각한다(6)

이절은 무엇인가
아름다운 오랑캐의 계절은 무엇인가
누군가 다시 묻는다

이절은 일절과 삼절 사이에
사랑은 삼랑과 오랑 사이에
북태평양과 오슬로 사이에

바람 부는 숲과 강 사이에

나는 웃으며 대답하지 않는다

다만 어제는 내내 무척 아름다웠다
　숲 속의 음악, 내 머리칼 사이와 너의 내민 두 손 속의
바람, 그리고 태양이 있었기 때문에

*(1)아고타 크리스토프, 「어제」 (2)백석, 「정주성」 (3)백석, 「산숙」 (4)백
　석, 「북관」 (5)백석, 「구장로-서행시초1」 (6)백석, 「북신-서행시초2」에
　서 인용하였다

산유화, 달 세뇨 표가 붙은 곳으로 가서 피네

달 세뇨 —— 달 세뇨 표가 붙은 곳으로 가서 피네(Fine) 또는 페르마타(fermata)까지 되풀이하라는 줄임표 기호, 그럼 이만 총총

이주 혹은 귀환의 정신적 자서전

엄경희(문학평론가)

1

Pak Jeong-de — 구름과 구름 사이에 걸쳐 놓은 양탄자가 마르고 있었다, 먼 곳에서 말을 타고 돌아오는 한 사내가 있었다

　　　　　　　　　　　—「오, 이 낡고 아름다운 바이올린/
27 행성에 내리는 센티멘털 폭설」에서, '박정대' 부분

시집 『불란서 고아의 지도』(현대문학, 2019)에 파스칼 키냐르의 문구와 더불어 만났던 한 사내의 초상. 그는 작은 탁자와 담배와 톱밥난로가 있는 다락방으로부터 음악 같은 눈송이와 폭설이 내리던 "따뜻한 결사의 대륙"(「눈의 이름」)을 하염없이 방랑했던 고아 행성. "구름과 구름 사이에 걸쳐 놓은 양탄자가 마르고" 있으니 그가 몰고 다닌 폭설의 양탄자도 서서히 마르고 있는 것일까? "먼 곳에서 말을 타고 돌아오는 한 사내"는 "걸어가는 쪽으로 눈은 내린다/걸어갔다 돌아오는 쪽으로도 눈은 내린다"(「눈의 이름」)라고 쓰고 있다. 아직 그는 폭설 속에 있으며 동시에 돌아오고 있는 중이다. 어디로?

2

"이 시집을 읽으며 여기에 건설된 벨 에포크의 공간을 어떻게 고스란히 말할 수 있을까 하는 고민이 시작되었습니다. 물론 즐기면서요. 해설의 잡설이 과연 필요할까 하는 생각."

"선생님께서 이 시집은 과연 '해설의 잡설'이 필요할까, 하는 말씀을 해 주셨는데, 이 시집은 왜 해설이 필요 없는지에 대한 해설이 필요한 것이겠지요."

2021년 3월 3일에 박정대 시인과 주고받은 문자다. 어떤 시의 진가를 가장 잘 말해 주는 것은 다른 무엇도 아닌 그 시 자체일 것이다. 시는 아무리 분석해도 여분을 남기는 온전한 유기체다. 논리화할 수 없는 상상과 꿈, 정신적·내면적 지향과 사상, 시를 쓰고 있는 시인의 감각과 신체 상태가 한 덩어리를 이루어 상징적 함축의 언어로 방출되는 것이 시라 할 수 있다. 감춤과 드러냄을 정확하게 겨냥하며 시인은 자신의 언어를 지배한다. 또한 그 언어는 간혹 시인 자신을 넘어서기도 한다. 따라서 시의 언어는 시인과 독자 사이에서 유랑한다. "이름들과 이름들의 틈 사이에서 중력을 견디는 아름다운 영혼들"(「오, 이 낡고 아름다운 바이올린/27 행성에 내리는 센티멘털 폭설」, '밥 딜런' 부분)처럼 그러하다. 시의 언어와 독자 사이에 놓인 '중력'은 독자가 감내해야 하는 고뇌이기도 하며 황홀이기도 하다. 해서 시집 해설이 때때로 거추장스럽게 느껴지는 순간이 있다. 시집 출판의 관행상 시집의 마지막 부분에 해설을 얹는 것이 대부분인데 그것은 때로 시 읽기에 도움을 주기도 하지만 한편으로는 시 읽기를 방해하기도 한다. 간혹 출판 관행에 따라 허전함을 메우기 위해 해설을 들러리로 넣기도 한다. 박정대의 열 번째 시집 『라흐 뒤 프루콩 드 네주 말하자면 눈송이의 예술』을 읽으며 이 세 경우 가운데 내가 고민했던 것은 '시 읽기를 방해'하는 잡설의 끼어듦이었다. 이 시집이 유독 독자의 상상력을 무한대로 확장할 것과 탐구의 즐거움을 요청하기 때문이다. 시인의 의도가 그러하다면 '완결성'을 갖춘 해설은 독자의 상상력을 방해하거나 가두는 역할을 하게 될 것이다. 그렇다면 해설 아닌 해설의 형식은 무엇일까? 불완전하고 성글게 직조된 해설을 고안해야 하지 않을까. 그러므로 이 글은 가급적 무책임한 해설이 될 것이다.

3

1990년 《문학사상》으로 등단하여 8년 만에 출간한 『단편들』(세계사, 1997)을 떠올려 보면 박정대 시인의 시력(詩歷)이 삼십여 년이 된 듯하다. 30년이라는 세월과 그에 우연히 걸맞은 열 번째라는 시집의 권수! 숫자에 과도한 의미를 부여할 필요는 없지만 세월은 결코 무심하게 흘러가지 않는다는 사실을 이 시집의 지층과 무게가 일깨워준다. 『라흐 뒤 프루콩 드 네주 말하자면 눈송이의 예술』은 음악으로 비유하여 말하자면 모두 4악장으로 구성된 교향곡이라 할 수 있다. 그 각각의 악장이 지닌 양은 현저한 차이를 보인다. 예를 들어 2악장 '시'의 한 부분을 이루는 「오, 이 낡고 아름다운 바이올린/ 27 행성에 내리는 센티멘털 폭설」에는 가스통 바슐라르, 백석, 은둔자로 살았던 파스칼 키냐르, 빅토르 최, 톰 웨이츠 그리고 시인 자신의 모습을 스케치한 초상화 등 27개의 사진과 각각의 사진에 대한 단상이 조합되어 있다. 시의 제목을 감안한다면 시인은 한 인물의 사진과 그에 상응하는 단상의 조합을 하나의 '행성'으로 상징화한 것으로 보인다. 「오, 이 낡고 아름다운 바이올린/ 27 행성에 내리는 센티멘털 폭설」은 이 시집에 실린 열세 번째 시이지만 이것은 한 편의 시로 묶인 27편의 독립적 시이기도 하다.

사진 배치에 대해 좀더 부연하자면, 시집의 첫 페이지를 장식한 시인의 초상화와 「톰 웨이츠를 듣는 좌파적 저녁」(부제: 네 노래를 듣는 저녁에는 왼쪽 허리가 아팠고/네 노래가 끝난 아침에는 좌측 심장이 아팠다)에 부랑아처럼 쭈그려 앉아 여유로운 미소를 보이는 톰 웨이츠의 사진(이 작품은 시집 『체 게바라 만세』(실천문학, 2014)에 수록되었던 것인데 거기에는 사진과 부제가 없었다. 이하 「톰 웨이츠를 듣는 좌파적 저녁」으로 명기함.), 3악장 말미 가까운 곳에 배치된 이자벨 아자니(「멀리 떨어진/ 가장 가까운」)의 사진, 4악장의 「이절극장」에 배치된 이절의 정겨운 설계도를 포함하면 모두 31개의 사진이 수록되어 있다. 결코 적은 양이라 할 수 없다. 27개의 사진 배치를 감안한다면 시집의 2악장 '시'는 가장 많은 편수의 시가 수록된 지점이며 4악장 '지구라는 행성을 오래 바라본 적이 있다/영화의 기본 구조가 지구의 자전이라면/시의 기본 구조는 지구의 공전이다'에는 시 「산유화, 달 세뇨 표가 붙은 곳으로 가서 피네」를 포함해 4편의 시가 수록되어 있다. 마지막 4악장이 아주 적은 분량으로 구성되어 있는 것이다.

한편 각각의 시를 살펴보면 그 분량이나 내용을 배치하는 방식 또한 시편마다 편차가 크게 드러난다. 우리에게 익숙한 형태, 즉 행갈이의 리듬을 타고 흘러가는 적당한 길이의 시편들이 수록되어 있는가 하면 한편으로는 본문과 각주가 함께 어우러져 있는 매우 긴 시편들도 실려 있다. 그 가운데 A4 용지 11쪽이 넘는 시 「대관령 밤의 음악제」는 영화 「브이 포 벤데타」에 삽입된 음악, 벤데타의 뜻, 주요 장면, 대사 그리고 '산골 극장'으로 상징되는 다른 내용이 함께 몽타주(montage)되어 본문을 이루고 있으며 거기에는 내용주 9개, 참조주 71개가 첨가되어 있다. 본문을 훨씬 웃도는 이 각주들, 특히 참조주를 자세히 살펴보면 「브이 포 벤데타」에 관한 것들인데 49번까지의 참조주에는 '확인함'이라는 말이 계속 반복되고 있으며 이와 더불어 시인이 언제 관련 기록을 찾아보았는지 날짜가 적혀 있다. 살펴보면 2006년 1월 3일부터 2009년 8월 12일에 걸쳐 확인한 사실을 기록한 것이다. 그 가운데 2008년에 기록한 내용은 없다. 흥미로운 것은 참조주 67은 '비워 둠'이라고 되어 있어 '미궁' 혹은 '무한대로 채워 넣기'로 기표화되어 있고 참조주 70에는 "그런데 1~69, 도대체 뭘 확인했다는 걸까?"라는 문장이 써 있다. 이 문장에는 허탈함 이상의 복합적 감정이 담겨 있는 것으로 느껴진다. 아마도 「브이 포 벤데타」

에 관한 자료를 거듭 확인할수록 오히려 실제의 삶에서 확인되지 않는 '자유'를 시인은 역설적으로 더 많이 체감하지 않았을까? '자유'에 대한 갈망과 그것으로 인한 소진, 혐오스러운 세상에 대해 용서할 수 없는 분노의 감정이 이 문장에 진땀과 더불어 묻어 있다.

또 다른 시 「대관령 밤의 음악제」 또한 A4 용지 10쪽이 넘는 분량의 작품인데 이 시는 각주 표시가 되어 있으나 실제로는 어느 것이 본문이고 어느 것이 각주라고 할 수 없는 형태로 읽히기도 한다. 구성을 보면, 본문과 각주, 각주에 대한 각주, 다시 본문과 각주가 합쳐진 형태의 서술이 뒤엉켜 있다. 특히 빅토르 최의 생애와 활동에 대한 각주는 (2)에 길게 서술되어 있으며 (12)에 다시 보다 더 구체적으로 반복해서 소개된다. 여기에 짐 모리슨에 관한 사망과 관련된 내용이 함께 몽타주되어 있다. 이러한 전개 방식은 표면적으로 정돈되지 않은 것처럼 읽히지만 시인이 애착을 가지고 집요하게 공들여 정돈한 형태이다. 그 빌미를 "다큐멘터리를 찍는다는 것은 무엇인가? 그것은 대상을 통해 나의 경험, 나의 기억을 재현하는 것이다"라는 말이 제공한다. 말라르메와 김사량과 이태준 그리고 만 28세에 죽은 빅토르 최와 만 27세에 죽은 짐 모리슨에 대한 이야기를 병치된 숏(shot)으로 읽으면 이는 시인이 시로 구상한 다큐멘터리라 할 수 있다. '대관령 밤의 음악제'로 상징되는 이 두 편의 시는 대단히 길고 산문적이며 또한 대단히 시적이다. 다시 말해 도보 여행자(시의 독자는 모두 도보 여행자다)에겐 '대관령'만큼이나 험준한 시라 할 수 있다. 상징적 공간으로서 '대관령'은 시인의 고향 정선으로 통하는 험난한 길이라는 생각도 해보게 된다. 그 길은 또한 '고려극장'이 있는 '동방'의 대륙으로 뻗어가는 길이기도 하다. 거기 "바다가 뾰족하고 짠 혓바닥을 들이민 듯한 러시아 연해주땅 뽀시에트 구역에 우리 할아버지가 태어난 집이 있었다"(「시」)라고 시인은 고백한다.

각주에 관해 좀더 부연하자면 시 「지금은 아주 환한 대낮의 밤/혹은 아주 어두운 밤의 대낮」에 시인은 "태양이라는 이름의 별빛을 받아/ 땅은 따스하게 된다(1)/ (1) 빅토르 최의 노래 「태양이라는 이름의 별」에서/ 주를 본문으로 사용하니 아름답다"라고 쓰기까지 한다. 박정대는 본문과 각주를 구분하기도 하지만 한편으로는 그러한 구획을 뭉개버리려는 욕망을 내비친다. 사실 한 존재의 의식에 본문과 각주는 하나로 연결되어 있는 유기체라 할 수 있다. 이와 같은 조합과 배치를 총체적으로 감안한다면 이 시집은 영화적이며 선율을 감지한 자에게는 음악적이다.

4

오마주(hommage)를 포함해 패러디((parody) 기법을 염두에 둔다면 이 시집에 실린 거의 모든 작품이 이에 해당할 것이다. 그것이 부분이든 전체이든. 아마도 우리 현대시사에 이렇게 대범한 방식으로 시집을 구성한 경우는 없다고 단언해도 될 듯하다. 대부분의 시편에는 다른 텍스트가 한 개 또는 그 이상이 겹쳐 있다. 「이것은 참으로 간단한 계획」, 「떠돌이 자객 모로」, 「손에는 담배를 탁자에는 찻잔을」과 같은 시편은 빅토르 최의 노래 「우리는 변화를 원한다」, 빅토르 최가 출연한 영화 「이글라(바늘)」와 긴밀한 연관을 갖는다. 「존재의 세 가지 거짓말」은 헝가리 출신 여성 작가 아고타 크리스토프의 소설 제목이기도 하다. 나도 쌍둥이 전쟁고아가 등장하는 이 소설을 아주 오래 전 흥미롭게 읽었던 기억이 떠오른다. 「오, 이 낡고 아름다운 바이올린/ 27 행성에 내리는 센티멘털 폭설」에서 '파스칼 키냐르' 부분의 "물고기들은 고체 상태의 물이다, 새들은 고체 상태의 바람이다, 책들은 고체 상태의 침묵이다"라는 구절은 파스칼 키냐르의 소설 『옛날에 대하여』에 나오는 문장이다. 같은 시의 '페르난두 페소아' 부분에 시인은 "페르난두 페소아, 알베르투 카에이루"라고 두 명의 이름을 적고 있는데 이는 모두 페르난두 페소아의 이름이다. 우리에겐 『불안의 책』으로 관심을 끌었던 포르투갈의 시인이며 철학자인 페르난두 페소아는 70여 개의 이름을 사용하였는데 그것은 필명이 아니라 그의 '다른 이름들'이라고 알려져 있다. 그는 왜 기억하기도 어려울 만큼 많은 이름으로 살고자

했을까. 「대관령 밤의 음악제」에 "숲으로 난 오솔길을 따라 행랑을 매고 걷던 톰 웨이츠는 어느새 말끔한 양복으로 갈아입고 에즈라 파운드가 운영하는 중국식당에서 배갈을 마시고 있다"라는 구절이 슬쩍 나오는데 이 구절에는 톰 웨이츠와 에즈라 파운드 두 사람만 언급되어 있다. 그러나 "숲으로 난 오솔길을 따라 행랑을 매고 걷던 톰 웨이츠"는 짐 자무시의 영화 「Down by law」에 탈옥수로 등장한 톰 웨이츠가 보여 준 마지막 장면이다. 「아비라는 새의 울음소리는 늑대와 같다」는 왕가위 감독의 「아비정전」에 등장하는 장국영의 공허한 눈빛과 '발 없는 새'에 관한 대사를 겹쳐 생각하며 읽게 된다. 그리고 이 시집에는 우리에게 친숙한 백제의 가요 「정읍사(井邑詞)」와 김소월, 정지용, 백석, 이용악, 고려인 가수 이함덕, 이상, 서정주, 윤동주, 김사량, 이태준, 황지우, 서정학, 강정, 리산 등의 시 구절이 인유되거나 그들의 이름이 호명되거나 어조(음성)만 전달되거나 사진으로 명료하게 제시되거나 한다. 앞서 내가 "독자의 상상력을 무한대로 확장할 것과 탐구의 즐거움을 요청"하는 시집이라고 말한 까닭은 이 때문이다.

우리는 무한정 개방되어 있는 이 시집을 아주 단순하게 즐길 수도 있고 아주 복잡한 경로, 즉 마치 하이퍼텍스트처럼 이어지다가 박정대 시인의 목소리로 회귀를 반복하는 경로를 드나들며 탐독할 수도 있다. 예를 들어 톰 웨이츠의 음색이나 빅토르 최의 중얼거리는 듯한 중저음에 매력을 못 느끼는 사람, 짐 모리슨의 노래와 광적인 샤먼 댄스를 별로 달가워하지 않는 사람, 혹은 장 뤼크 고다르의 영화나 조르주 페렉의 글을 지루하게 경험했던 사람은 그들과 영혼의 교감을 이루어 낸 박정대 시의 무한한 개방성의 경로를 따라가지 않을 것이다. 반대로 나처럼 손바닥으로 이마나 한쪽 눈을 가리곤 하는 밥 말리의 절박한 표정이나 그의 자유롭게 출렁이는 레게머리에 끌리는 사람, 이자벨 아자니의 광적으로 몰입된 연기에 매력을 느낀 사람은 이 무한히 개방된 경로를 즐길 가능성이 높다. 그런 까닭에 이 시집은 매우 모험적이다. 한편 복잡한 경로를 열심히 탐구하는 독자는 자칫하면 시인의 목소리를 놓쳐버릴 수도 있는 위험 또한 내포한다. 그러나 무슨 상관이랴! 읽는 것은, 즐기는 것은, 고뇌하는 것은 독자의 특권이다. 시인도 독자의 이 같은 특권을 가로막고 싶지 않을 것이다. 그 또한 궁극적으로는 '자유'에 헌신하지 않았던가.

5

1990년대는 1980년대의 정치 이데올로기의 압박과 엄혹함으로부터 벗어나 문화주의가 부상했던 때이다. 그 이전에 '해체시'의 기류가 기성 문단의 성향을 흔들어놓기도 했지만 1990년대는 1980년대의 엄숙주의와 경직성으로부터 단절하고 싶은 욕망이 더욱 강렬한 힘으로 솟구치기 시작했던 시기라 할 수 있다. 박정대는 바로 그 초입에 문단에 데뷔하였으며 1990년대의 복판을 넘어설 즈음 출간된 그의 첫 시집 『단편들』은 당대의 감수성을 대변해 주는 우리 시단의 주요한 성과물 가운데 하나로 평가되었다. 1990년대의 문화주의적 기류가 강한 힘으로 정신의 경직성에 대항했던 바로 그 지점에서부터 박정대는 특이하게도 아름다운 '행성'으로 비유될 수 있는 영화배우와 감독, 시인, 소설가, 뮤지션들, 철학자, 혁명가를 그의 시집에, 자신의 고독 속에 불러들이기 시작했다. 그것은 반복과 누적을 거치며 확장되어 왔으며 이 시집에 이르러 마치 그들이 총집결한 것처럼 보인다. 박정대가 '영혼의 동지'라고 말하곤 하는 불란서 고아, 집시들, 은둔자, 무가당 담배 클럽, 인터내셔널 포에트리 급진 오랑캐 밴드 맴버 등이 다 이와 상통한다. 아마도 이 시집은 대한민국에서 발간된 시집 가운데 가장 많은 인명(人名)이 거론된 작품집일 것이다. 그들은 시인 자신이 애착하는 취향 이상의 의미를 지닌다. 이 수많은 사람들이 박정대의 상상의 '방랑'을 도모했던 자들이라는 점에서 그들은 시인과 분리될 수 없는 '실제적'인 삶의 랜드마크라 할 수 있다.

밖으로 보이는 겨울 하늘이 유난히 파랗다. 어제 한바탕 겨울비가 오더니 오늘은 파란 하늘 한가운데 희미하게 낮달까지

하나 걸려 있다, 물끄러미 낮달을 보고 있노라니, 갑자기 저 낮달 속으로 걸어 들어가 망명 정부 하나 세우고 싶어진다, 외롭고 쓸쓸한 사람들 모두 불러서 촛불이라도 밝히고, 함께 조촐한 저녁이라도 먹고 싶어진다, 저 낮달에 앉아서 지구를 내려다보면 지구도 한낱 쓸쓸한 떠돌이 행성으로 보이려나

　　　　　　　　　　　　　　　　　—「음악들」에서

이 시는 박정대의 두 번째 시집 『내 청춘의 격렬비열도엔 아직도 음악 같은 눈이 내리지』(민음사, 2001)에 실린 작품으로 91번 가운데 19번에 해당한다. 김경주 시인의 아름다운 시 「우주로 날아가는 방 1」에 영감을 주었던 시라고 나는 생각한다. 이 시를 돌이켜보면 의식적이었든 무의식적이었든 '떠돌이 행성'으로 비유될 수 있는 시인의 방랑자적 운명을 이미 예감하고 있는 듯한 느낌을 전해 준다. 지구라는 행성에서 그는 '아름다운 행성'으로 상징될 수 있는 정신적 집시, 자발적 은둔자들, 자발적 디아스포라, 자발적 유배자, 혁명을 꿈꾸었던 자들의 삶과 노래와 문학과 철학이 방출하는 '폭설' 속을 떠돌며 이주를 반복했던 것이 아닐까.

　그런 의미에서 이 시집은 정신의 자서전적 장소성을 지닌다. 비유적으로 말하자면 벨 에포크(belle époque)라 할 수도 있을 듯하다. 벨 에포크는 1896년~1914년, 좀더 정확히 말하면 1차 세계대전이 일어나기 이전의 프랑스를 중심으로 한 유럽 사회를 '회고적'으로 지칭하는 시대의 명칭이

다. 잘 알려진 바 '아름다운 시절'이라는 뜻이다. 19세기 말과 20세기 문턱에 근대사의 획을 긋는 예술가들이 파리의 몽마르트 주변에 몰려들었다. 르누아르, 모네, 피카소, 수잔 발라동, 폴 고갱, 모리스 라벨, 클로드 드뷔시, 아폴리네르, 헤밍웨이, 브라크 그리고 그들을 후원했던, 그 자신 미국의 시인이며 소설가인 거트루드 슈타인 등 이루 헤아릴 수 없는 거장들이 폭발적으로 자신들의 예술적 열정을 그곳에서 분출하였다. 벨 에포크 현상은 근대미학사에 거듭 이야기되곤 하는 수수께끼 가운데 하나이다. 헤아릴 수 없이 많은 사람의 이름과 사진과 문구들이 인유된 이 시집이 바로 박정대가 세운 '톱밥 난로와 촛불이 켜진 몽상의 다락방'이며 '망명정부'의 실체이며 '벨 에포크'라 할 수 있다. 그것은 현존하면서 동시에 '회고적'이다. 시 「비 내리는 원동의 고려극장」에 "내가 쓴 글은 미래보다 옛날을 지향하고 있었다 그곳에 더 많은 아름다움이 있다고 나는 생각했다"라고 시인은 고백한다. 한편 이 시집의 인유들은 박정대의 정신적 자전에 용해되어 분리 불가능하게 체화되었다는 점에서 패러디의 개념을 초과한다는 생각을 갖게 한다. 시인은 "누군가의 삶이 그리워진다는 것은/ 누군가의 삶과 비슷한 삶을 살았다는 것/누군가의 삶과 비슷한 삶을 꿈꾸었다는 것"(「떠돌이 자객 모로」)이라고 쓰고 있다. 그는 그들과 함께 살았다고 보는 것이 온당할 것이다. "이름들과 이름들의 틈 사이에서 중력을 견디는 아름다운 영혼

들"(「밥 딜런」)을 촛불로 밝히며 눈발 속에서 수 없이 사랑
했던 시절. 그것이 박정대의 벨 에포크라 할 수 있다. 이 시
집을 한 권의 책이 아니라 벨 에포크의 장소라 말하는 까
닭이 여기에 있다.

6

　가이 포크스의 가면은 널리 알려진 저항의 아이콘이다.
시인이 열정적으로 심혈을 기울였던 「대관령 밤의 음악제」
를 읽으면 영화에 등장한 V의 이 가면을 자연스럽게 떠올
리게 된다. 이 대목에서 나는 시와 정치의 문제를 거론해야
할 듯하다. 박정대의 시는 처음부터 지극히 탐미적이며 정
치적이었다고 할 수 있다. 우리 시단에서 소위 말하는 문
학의 정치적 투쟁은 현실과 시대의 부조리에 직접적으로

대항하는 담론과 실천의 의미로 축약되어 온 것이 사실이다. 탐미주의는 줄곧 이러한 현실이나 역사와 무관한 '예술을 위한 예술'로 치부되거나 현실참여에 무책임한 태도로 일축되기도 했으며 그것은 지금도 여전히 굳건하게 우리의 편견을 장악하는 것으로 판단된다. 그러나 모든 문학의 정치적 참여는 궁극적으로 새로운 참된 세상 만들기, 더 나아가 아름다운 세상을 만드는 데 그 목적이 있다. 그렇다면 그 방식은 단일하지 않다. 박정대가 그의 시에 지속적으로 보여 주었던 '탐미적 디아스포라'는 "어떻게든 아름답게"(「어떻게든 아름답게」) 결여된 세계를 채워 가려 했던 노력의 소산으로 보는 것이 마땅할 것이다. 시인은 "세상은 하염없이 떠돌 때가 행복한 것/삶의 아름다움은 떠돎이 이룩하는/ 고독의 끝에서 찬란하게 빛나리니"(「떠돌이 자객 모로」)라고 고백한다. 그에게 떠돎은 지금 여기에 결여된 아름다운 것들과의 만남을 만들기 위한 적극적 행위이며 그것은 또한 '고독의 끝'까지 자신을 밀고 가는 행위이다. 시인의 음성으로 그의 '고독의 끝'을 구체화하면 "일찍 어두워지는 대낮의 어둠과 저녁의 본질적인 어둠 나는 두 겹의 어둠 사이에서 술을 마셨네// 한번은 좀 더 밝아지기 위해 한번은 어둠보다 더 어두워지기 위해"(「겨울밤이면 스칼라극장에서」)라고 말할 수 있을 듯하다. 따라서 그의 방랑과 고독은 하나이다. 즉 아름다움은 고독한 영혼의 심연으로부터 발굴된다. 이것이 박정대식 예술적·정치적 쟁투이다. 아

름다움은 상대적이지만 그 귀결은 '좋음'이라는 흡족으로
귀결된다.

갱지처럼 노오랗게 물든 나뭇잎을 바라보며
담배를 피우는 것은 좋은 일이다
노오랗게 떨어진 낙엽들의 책장을 넘기며
나뭇잎의 종생기를 읽어보는 것도 좋은 일이다
발끝에 부딪혀 바스락거리며 사라지는 것들
흙에서 나와 흙으로 돌아가는 것들의 종생기를 읽으며
그들을 애도하는 것은
지상에 함께 존재했던 것들에 대한 최소한의 예의
사물에 대해 예의를 갖추는 것은 좋은 일이다
나에게는 좋은 일들이 많아서
그 많은 좋은 일들을
그대와 함께 나누고 싶다고
생각하는 것은 좋은 일이다
나에게는 자꾸만 좋은 일들이 많아서
좋다고 생각하는 것은 좋은 일이다
아침부터 날씨는 쌀쌀하고
좋은 일들은 지금 희미한 안개 속에 묻혀 있는데
혼자 이룩하는 산책의 끝에 그대가 있다는 것은
오늘 아침 일 중에 가장 좋은 일이다

　　　　　　　　　　　　—「빛 속에 칠현금」

"좋은 일들은 지금 희미한 안개 속에 묻혀 있는데/ 혼자 이룩하는 산책의 끝에 그대가 있다는 것". 무수히 '혼자' '안개' 속을 헤매다 '그대'를 발굴하는 '좋음'을 함께 나누는 일이야말로 살만한 세상의 한 모습이 아니겠는가. 자유를 억압하고 물신으로 황폐해진 비천한 세계에 아름다움을 증폭시키는 일은 이 세계를 새롭게 경작하는 일과 다르지 않다. "시는 일종의 사회적 파업 상태에 있다."는 선언은 시적이지 않은, 즉 수많은 권력의 위악적 작동 방식에 함몰되어 버린 일상, 몰상식과 몰지각과 불편부당과 속임수로 만연된 내면들, 자기 자신까지 속이고 있다는 사실도 잊은 채 한편으로는 두려움과 초조를 견디며 정신적 역병에 둔감해져 가는 우리들 앞에 던진 일종의 폭약으로 읽힌다. 우리는 '북구의 밤 항구'(「톰 웨이츠를 듣는 좌파적 저녁」)와 '고독의 영지'(「검결」), '어머니의 화덕'(「시」), '질그릇 같은 악양 들판'(「악양」), 백석의 '당나귀'(「서울을 떠나며」), '새롭게 돋아나는 별의 지도'(「사랑과 혁명의 시인」)를 상실해 가고 있다. 그 속도가 점점 걷잡을 수 없이 가속화되고 있는 것이 지금의 현실이다. 시인은 "모두 제 속에 거대한 감옥을 세우고 사느니"(「바람이 분다, 살아 봐야겠다」)라고 말한다. 그리고 "다락방의 등잔불도 이제는 서서히 꺼져 가는데 아무도 선언하지 않는 삶의 자유"(「톰 웨이츠를 듣는 좌파적 저녁」)라고 쓴다. 이 시집에 파스칼 키냐르적인 '옛날'이 간혹 강조되는 까닭이 이와 연관된다. 시 「비 내리는 원동의 고려극장」에 보이는 "불을 피우고 요리를 하고 청소를 해주던 사람이 사라진 시대", "내가 쓴 글은 미래보다는 옛날을 지향하고 있었다 그곳에 더 많은 아름다움이 있다고 나는 생각했다", 시 「대관령 밤의 음악제 — 옛날은 눈이 내리는 밤이었다」에 보이는 "옛날은 눈이 내리는 밤이었다// 눈이 내리는 밤은 모두 옛날이었다"와 같은 구절이 그것이다. 이는 단순히 과거에 대한 회상이 아니라 아오리스트적인(명확한 시점을 밝힐 수 없는 과거의 시간) 생명 시간의 근원을 의미한다. 파스칼 키냐르는 "질료, 하늘, 땅, 생명은 영원토록 옛날을 구성한다."라고 말한다. 우리가 잃어버린 것들, 지금도 잃어가고 있는 것들 그것은 낡은 것이 아니라 찾아가야 할 존재 근원의 시간이라 할 수 있다. 박정대의 탐미적 저항은 이와 무관하지 않다. 지금이 바로 이런 낭만적 촛불이 서서히 최후를 맞이하는 시기인지도 모른다는 생각을 거듭하게 된다. 시인이 "이제는 진짜 유령들만이 바람에 떠밀려 나뭇잎처럼 이리저리 몰려다니고 있소"(「위 위 불란서 여인이 노래한다」)라고 쓴 것처럼.

한편 탐미적 저항은 현실이라는 괴물과 맞설 때 패배하게 되어 있다. 그런데 탐미적 저항은 패배하기 때문에 아름다운 것일 수도 있다. 패배를 무릅쓰고 아름다운 것에 '복무'하는 자들이 있기 때문에 이 세상은 살 만한 것이 된다. 또한 꿈꿀 수 있게 된다. 꿈의 신생은 역설적이게도 아름다움의 기근으로부터 생성한다. 아름다움의 기근이 혁명을,

방랑을, 또 다른 '행성'에 가교를 놓는다. 촛불을 켜게 하고 음악 같은 눈송이를 날리게 하고 말을 달리게 한다. 가이 포크스의 가면을 쓰고 '탐미적 급진 오랑캐들'은 최후까지 말을 달릴 것이다. '옛날'을 향해, 아름다움을 구원하기 위해. "그러니 세계여, 닥쳐!"(「담배 한 갑」). "시인은 밤을 끝내는 사람 아침의 햇살을 끌어와 만물에 되돌려주고 스스로 다시 어둠이 되는 사람"(「시」)이 아니던가.

7

열정의 다른 말은 소진이다. 열정의 정도와 소진은 비례 관계에 있다. 태웠으니, 고통스럽게 어둠의 잔해가 되는 것은 당연한 수순이다. 이 시집에는 멀고 먼 폭설의 행성을 살았던 자의 살에서 나는 소진의 냄새가 깊게 배어 있다. 자발적 디아스포라의 삶은 박정대의 시력(詩歷)과 동일성을 이룬다. 시인의 탐미적 지향과 등식을 이루는 "아무도 선언하지 않는 삶의 자유"(「톰 웨이츠를 듣는 좌파적 저녁」)를 발굴하기 위해 그는 얼마나 많은 행성을 주유했던가. 시 「데카르트는 아침에 일어나는 게 힘들었다」에 담긴 "온몸으로 비밀을 말하지만 결국은 드러낼 수 없는 뿌리의 비밀만이 지구의 내면을 향해 통곡하고 있는 시간// 누군가의 통곡 소리를 듣는 달팽이관이거나 세반고리관이거나 유스타키오관 속에 신은 있을 것이다"라는 구절을 나는 오래도록 들여다본다. 우리는 '온몸으로 비밀'을 실토하는 박정대의 화자에 주목할 필요가 있을 듯하다. 그는 '누군가의 통곡 소리'를 들어주는 귀 속에 '신'이 있을 것이라 말한다. 오랜 떠남과 방랑, 고독의 끝에서 "지구의 내면을 향해" 통곡하고 있는 '누군가'는 그의 모든 여정과 쟁투를 '통곡'한다. 이 복받침의 울음에는 "입자 속의 입자 속의 입자 속에 어쩌면 전 우주를 껴안을 위대한 생각이 있다"(「데카르트는 아침에 일어나는 게 힘들었다」)는 힘겨운 도달이 함께 내포되어 있다. 고독의 끝까지 갔던 자의 '통곡'은 이제 끝까지 갔기 때문에, 소진되었기 때문에 돌아가야 한다.

취하지 않으면 돌아가지 못하리

돌아가기 위해 밤새 술을 마시지만
돌아가고 싶어도 이제는 돌아갈 곳이 없구나

돌아갈 곳은 이미 안개 속으로 사라져
그곳이 어디였는지 기억나지 않는 저녁

별빛 아래 모든 것이 이토록 황량했다니
구름 아래 모든 것이 이토록 고독했다니

별빛 아래 구름만이
더 깊은 어둠 속으로 흘러가리라

사월인데도 서늘한 바람이 불어
봉창문을 닫고 눈과 귀를 끄고 홀로 술을 마시는 저녁

술 한 잔이 밝혀 주는 옛 행성의 모닥불

아무리 생각해 봐도
나의 고향은 끝내 나였으니

아무리 마셔도
불취불귀라

취하지도 않고 돌아가지도 못하리
─「불취불귀(不醉不歸)」

　박정대가 아름다움으로 구원하고 싶었던 세계, 그가 밝혀 놓았던 촛불들, 톱밥난로가 있는 적막의 공간, 돛배들, 이낭가와 은델레 기타와 마두금의 음파가 번지던 저녁, 몽골의 대초원에 고요히 타오르던 모닥불, 눈송이들, 수정(水晶)의 나무들이 사는 명왕성, 다락방, 폭설을 헤치고 달리는 말, 찻잔과 담배, 고려극장, 눈먼 무사들, 불란서 고아들,

집시들, 급진 오랑캐들······. "시인은 밤을 끝내는 사람 아침의 햇살을 끌어와 만물에 되돌려주고 스스로 다시 어둠이 되는 사람"(「시」)이라고 그 자신이 밝힌 것처럼 위에 나열한 목록들은 그가 우리에게 되돌려준 '아침의 햇살'이다. 그렇다면 그는 "다시 어둠이 되는 사람"이다. 거기에 황량함과 "아무리 생각해봐도/ 나의 고향은 끝내 나였으니"라고 말하는 자의 철저한 고독과 '옛 행성'이 놓여 있다. 이 비탄의 노래가 그의 '통곡'이다. 돌아간다는 것은 왠지 서러운 일이다. 소진의 행랑 속에 어둠과 통곡을 담고 그가 먼 곳에서 말을 타고 돌아오고 있다. 자기에게로, 그의 모천으로. 이 헐어빠진 귀향의 행보는 장엄하다. 철저한 고독과 아름다움의 실천이었음으로. 아래의 사진은 시인이 정선 고향 마을을 다녀와 그린 이절리 작업실의 설계도이다.

 아직 이뤄지지 않은 꿈을 꿀 때 그 꿈이야말로 가장 아름다운 꿈이라 할 수 있다. 심장을 뛰게 하고 처음의 사랑을 시작할 때와 마찬가지로 설렘을 가져다준다. 어떤 것이 침범하기 이전의 무한 자유가 그 꿈속에 있다. 설계도 위에 시인은 "이곳은 알마아타의 고려극장보다 더 먼 이절극장", "세상 끝의 이절극장"이라고 고향 정선과의 심리적 거리를 표방한다. 고향을 떠나 떠돌던 자에게 고향은 객지보다 오히려 먼 곳이다. 방랑자는 수 없이 많은 행성을 돌아야 그곳에 당도하게 된다. 아주 먼 행성을 오래도록 떠돌던 박정대에게 고향 정선은 가장 친근하고 가장 어색한 또 하나의

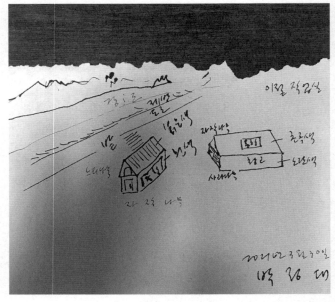

—「이절극장」에서

'행성'이다. 그곳은 '옛날'을 가지고 있는 태어나기 이전과 이후의 세계이기도 하다.

　너무 아름다워 자신만 알고 싶어 먼 옛날 세상을 떠돌던
보부상들도 보석처럼 몰래 숨겨 두었던 마을 정선 같은 시
　그곳엔 아직도 시가 많으니
　세상이 아무리 어두워져도 궁극적 아름다움은 여전히 존
재하는 것이다

—「폭풍우 치는 대관령 밤의 음악제」에서

박정대는 정선과 시를 유비관계로 동일화한다. 그의 고향은 그 자신이며 정선이며 시이다. "보석처럼 몰래 숨겨 두었던" 이절리의 밭에는 무엇이 뾰족하게 움틀까. 노란색 창고에는 어떤 병정들이 드나들며 봄날의 꽃과 겨울바람을 지켜낼 것인가. 지붕에서 별을 보려면 사다리가 필요하지 않을까. 폭설이 오는 깊은 겨울 밤 난로에 톱밥을 던져 넣으며 화부였던 빅토르 최의 노래를 느긋하게 듣는 것은 어떨. 여름 햇살 아래 무차별로 자라나는 갈매빛의 풀들을 껴안는 뜨거운 포옹의 시간. 이 모두를 상상하게 하는 저 설계도는 '옛날'부터 신생했던 참으로 아름다운 '다락방'이다. 꿈꿀 권리를 되찾게 해 주는 박정대의 고독한 '다락방'. 거듭 신생하는 박정대 시인의 '다락방'이 없었다면 우리의 행성은 얼마나 삭막했을까. 그대들이여 눈송이의 음악을 데리고 말을 달려 그리로 오라!

은근하고 이상한 단 하나의 책

함성호(시인)

동화 『호두까기 인형』으로 널리 알려진 호프만(E. T. A. Hoffmann)은 낮에는 법관으로 일하고 밤에는 글 쓰는 일에 몰두하는 '이중생활'을 하여 '도깨비 호프만', '밤의 호프만'이라는 별명으로 불렸다. 몽골계 여진족 조선인인 나로서는 별 이상할 것도 없는 이 이중생활이 서구인의 눈에는 별나게 보였던 모양이다. 나에겐 오히려 그들이 '상속'이란 걸 받아 글만 쓰는 생활을 했던 게 이상해 보인다. 과거에 조선의 사대부들이 글쓰기를 별다른 직업으로 여기지 않았다면, 지금 우리의 시인들은 시를 쓰기 위해 별 일을 다 한다. 박정대도 그렇다. 박정대가 낮에는 국어교사로 일하고 밤에는 시를 쓴다는 것은 이상한 일이 아니다. 우리가 그를 '밤의 박정대', '도깨비 박정대'라고 부르지 않는 이

유다. 카프카가 노동자 재해 보상국에서 일했다거나 말라르메가 평생 영어교사로 일한 사실이 나에게 놀라운 이유는 그들은 '상속'이란 걸 받지 못했나? 하는 의문 때문이다. 카프카는 자기 일을 어쩔 수 없이 하는 일이라고 생각했는지 '밥벌이(Brotberuf)'라고 불렀다. 그러나 결코 일을 소홀히 하지는 않았다. 카프카가 직장에서 한 일은 공장 안전 관리와 근로자 보상관리였다. 당연히 일하다 다친 사람들을 상대해야 했고, 그는 자연스럽게 두뇌의 손상이 노동자들에게 치명적이라는 걸 알았다. 그래서 그가 발명한 것이 최초의 산업 안전모였다. 그의 안전모로 당시 체코의 제철소는 노동자 1000명 당 사망자 수를 25명으로 줄일 수 있었다. 그는 열심히 일했고, 열심히 가족을 부양했고 열심히 글을 썼다. 말라르메는 인생의 전반을 시보다는 밥벌이를 위해 경력을 쌓았다. 영어를 배우기 위해 1862년 후반과 1863년 전반을 런던에서 보냈고, 영어 교사 일을 시작한 뒤 평생 학생들을 가르쳤다. 그는 영어 교사 일이 자신과 맞지 않는다고 생각했지만, 자식들이 태어나자 더욱 궁색해진 살림살이를 위해 시간제로 부업을 하기도 했다. 다들 열심히 사는 것처럼 시인도 그렇다. 성윤석은 한 때 공원묘지관리인을 했고, 연왕모는 다큐 감독이고 리산은 은행원이며 윤병무는 평생 출판 일을 하고 있다. 심지어 강정은 논다. 서구의 예술가들처럼 운 좋게 상속을 받았기 때문에 노는 게 아니다. 어쩔 수 없어서 노는 것 일 뿐이다. 그럴 때 시인이 논다는 것은 아무 일도 안 하는 것으로 시를 육체에 이식한다. 시의 혼돈이 육체의 경련으로 온다는 것은 피할 수 있으면 피해야 하는 일이다. 그렇다면 일하는 육체는 어떻게 시를 쓰는 육체가 되는가? 낮의 피곤함을 이고 한 육체가 다른 공간으로 이동해 온다. 그 공간은 낮의 공간과는 다른 공간이다. 거기에는 자신이 순수한 기쁨으로 읽고 설레던 책들이 있고, 동료들의 저서가 꽂혀 있다. 이미 밖에서부터 한 단어라도 갖고 그 공간에 도착한 시인이라면 다행이지만, 아무것도 갖고 오지 못했을 때 시인은 그 공간에서 낮 동안보다 더한 압박을 느껴야 한다. 그 압박은 기존의 육체를 해체하고 언어의 육체를 이식하는 동안이다. 그렇지 않으면 무엇인가 썼다 하더라도 다음날 아침 필시 쓰레기통에 버려질 것이다. 그 공간은 특정한 공간만은 아니다. 시인이 무엇인가를 떠올릴 때, 그 육체의 조직이 언어로 화할 때의 공간이다. 말하자면, 그 공간은 육체의 재조직화로 이루어지고, 육체는 그 공간을 전유할 때 재조직화된다. 심보선은 『그을린 예술』에서 랑시에르를 인용하며 이렇게 말한다.

"그래서 자크 랑시에르는 시인에 대해 묘사하면서 '사회를 마주보고 파업 중'이라는 표현을 썼는지도 모른다. 말라르메와 카프카, 노동자에게 야간이라는 시간은 시스템으로 재진입하기 위한 휴게소, 대기소로 주어졌다. 그러나 그들은 야간 휴게소, 대기소를 자신만의 공방으로, 작업실로 전유했다. 그들은 그곳을 점거한 채 시스템을 마주보고 시와 소설을 쓰면서, 사회적 파업을 수행하면서, 행복하게 소진돼 갔다."

그 행복이 "고통의 축제"(정현종)임을 우리는 안다. 그리고 이제 우리의 현실은 그 고통의 축제조차도 시스템의 통제 안에 있다는 것 또한 안다. (가장 손쉬운)예술가의 파업은 그러한 현실에 "해방된 신체"를 제시하는 것으로 얘기된다. 그저 풍요로운 백지상태를 바라보거나, 빈둥대거나 오늘 할 일을 내일로 미루는 그런 행위들이다. 심보선은 예술가의 파업은 자본과 권력의 기능 바깥에서 자율적이고 독립적인 영역을 확보하려는 일체의 노력이라고 하면서 앙드레 고르를 인용한다.

"그 자체가 목적이며 경제적 목적이 없는 행위들, 곧 다른 사람들과의 커뮤니케이션, 생활의 창조와 재창조, 애정, 육체적·감각적·지적 능력의 충분한 실현, 상업적 성격이 없는 이용 가치(타인들과 함께 사용할 수 있는 물건이나 서비스)의 창조(그런데 이런 창조는 원래부터 이윤을 목표로 하지 않기 때문에 상품으로 생산되는 일이 불가능할 것이다)"

그리고 박정대의 파업은 이렇다.

　　시는 일종의 시적 파업 상태에 있다

　　눈이 폭설이 사랑과 혁명이

그대의 시선으로부터 잠시
　　맹목적 파업 상태에 있듯이

　　　　　　　　　　　　　　　　──「시인의 말」*에서

　　여기서 시적 파업상태는 "상품으로 생산되는 일이 불가능한" 상태를, 시는 그것으로부터 창조되는 가치를 말한다고 볼 수 있다. 그러나 앞서 육체와 공간의 재조직화에 기대 고르의 말을 다시 박정대식으로 말하자면 시는 "맹목적 파업 상태에 있"다고 말해져도 좋을 것이다. 박정대에게 시는 사회를 마주보고 있지 않는 파업이다. 그렇다고 그가 사회와 무관하게 홀로 무인지대를 누린다고 생각해서는 곤란하다. 그의 맹목적 파업은 당신의 시선으로부터, 그리고 시에 대해서는 시인의 시선으로부터 잠시 존재하는 파업이다. 그것은 미안하지만, 어떠한 가치도 만들지 않는다. 그저 잠깐 서로에게 없는 것으로 서 있는 것이다.

　　구름과 구름 사이에 걸쳐 놓은
　　양탄자가 마르고 있었다
　　먼 곳에서 말을 타고 돌아오는
　　한 사내가 있었다

　　　　　　　　　　　　　　　　　　──「도착」**

* 함성호 시인에게 시집 원고가 전달된 후 「시인의 말」은 수정되었다.

양탄자와 한 사내가 너무 사랑해서, 그리워하다, 비로소, 이제야, 서로에게 도착한 것일까? 아닐 것이다. 양탄자와 사내는 무관하다. 양탄자와 사내는 맹목적 파업 상태에 도착했다. 박정대는 그것을 시적 파업 상태로 부른다. 그것이 박정대의 시다. 말라르메는 대문자 '책(Livre)'으로 표기되는 절대의 책, "단 한 권 밖에 없다고 확신하는, 우주의 진리 그 자체인 책"을 꿈꾸고 고행에 가까운 집념으로 이를 실현하고자 했다. 어쩌면 박정대에게 우주의 진리 그 자체인 책은 별 쓸모없을지도 모른다. 그에게 책(시)은 양탄자와 사내가 있었다는 맹목적 상태, 그 무관한 도착에 있을 테니까. 그러니까 시가 파업 상태에 있는 게 아니라, 즉 시인이 시를 쓰는 걸 멈춘 상태가 아니라, 시적 파업 상태에 있다는 말은 파업 상태가 시적이라는 말이고 그 파업 상태야말로 시라는 것이다. 그렇다면 시를 쓰는 일과 파업 상태 즉, 시를 쓰지 않고 풍요로운 백지 상태를 즐기거나 빈둥대는 일이 따로 있다는 것일까? 그게 그렇지 않다는 것을 우리는 안다. 시를 쓰는 일이나 술을 마시며 육체와 정신을 느슨하게 놓아 버리거나 멍하게 있는 상태가 어딘가도 아니고 언제라는 약속도 없이, 무엇을 위한 일도 아니게, 서로도 아니게 '도착'한 상태라는 것을 우리는 이미 눈치 챘다. 그러

**「도착」은 제목이 바뀌어 「오, 이 낡고 아름다운 바이올린/ 27 행성에 내리는 센티멘털 폭설」에 묶이게 되었다.

니, 무엇이 도착했는지 우리가 어떻게 알 수 있겠는가?

박정대의 파업이 사회를 마주하고 있다면 그 사회 안에는 시도 있다. 시라는 통념이어도 좋고 주류 시라고 해도 좋을 것 같다. 그는 시 일반에 대해서 왜 안 돼? 라고 묻는 것 같다. 그가 언젠가 시집 제목을 '체 게바라 만세'로 정하고 그것을 편집자에게 말했을 때 편집자가 웃었다고 한다. 실제로 그랬는지 아니면 박정대가 (시 일반과) 싸운 상상인지 알 수 없지만 나는 충분히 그 장면을 상상할 수 있었다. 박정대는 진지하고 편집자는 어이가 없었을 수도 있다. 편집자는 박정대의 진지함을 이해할 수 없었고, 박정대는 그런 편집자를 이해할 수 없었을 것이다. "왜 웃지?" 아마 박정대는 진지하게 이렇게 묻고 싶었을 것이다. 편집자는 "농담이 아닌가?"라고 생각했을 것이다. 그러고 나서 정적은 온다. 그와 같이 전혀 뜻밖의 도착이 일어난다. 박정대를 아는 사람들이라면 그와 마주한 뜻밖의 도착에 당황한 경험이 한 두 번쯤은 있을 것이다. 그래서 한 두 번쯤은 이상한 부탁에 휘말렸을 것이고, 또 가끔 딴 짓을 하고 있는 자신을 발견하기도 했을 것이다. 나만하더라도 그의 은근하고 이상한 부탁에 그의 시집 표지를 디자인했고(하고 싶었던 일이었다), 지금 이 발문을 쓰고 있다. 도대체 나같은 고전주의자가 박정대 같은 낭만주의자의 시집에 발문을 쓰고 있다니! 그래서 이 글은 어딘지 모르는 곳에서 그 무엇과도 무관한 도착을 감행한다. 그의 이상한 부탁은 '내가 너의 빛을 보았다'는 근거 없는 확신에서 은근하게 들어온다. 이 은근함은 너무 조용하고 부드러워서 도저히 거절할수가 없다. 망하는 한이 있더라도 해야 할 것 같은 의무감이 드는 게 사실이다. 그러나 그는 그런 빛을 보는 사람이다. 거절할 수 없는 것도 그 빛이 나의 빛이라고 생각하게만들기 때문일 것이다. 그리고 그는 그것을 명령하지 않고천명한다. 예술작품은 오로지 스스로를 천명하는 것 이외에는 아무것도 하지 않는다는 낭만주의의 천명인 것이다.낭만주의 시는 뭔가 더할 나위 없고, 완벽하고, 이상적인작품을 만들어내는데 목적이 있지 않다. 그것은 오히려 아무 목적도 없고, 경계도 없는, 시가 스스로를 순간적으로생산하는 어떤 '장소(Ort)'만을 드러낸다. 박정대의 은근하고 이상한 시는 이 장소, 도착에서 발화된다. 김수영이 살아 있었으면 "정대야, 불란서 고아는 뭐고, 조잡한 사진들은 다 뭐냐?"고 했을지도 모르지만, 그 시들은 아직, 그리고 앞으로도 영토가 없기에 그 자체로 '새로운 시대를 여는 것(블랑쇼)'이 아닌, '새로운 시대'일지도 모른다. 바로 여기, 지금, 이 순간, 만, 존재하는 시대.

나는 세상의 모든 날씨였고 세상의 모든 장소였다

어디에나 있었고 어디에도 없었다
　　　　　　　　　　　—「비 내리는 원동의 고려극장」에서

낭만주의에 있어 예술의 절대적 이념에 비해 예술작품은 상대적이며 우연한 것이었다. 낭만주의는 그 우연을 불가피한 것으로 받아들일 필요가 있었다. 낭만주의 예술은 그 불가피함을 자기제한으로 받아들이고 예술작품은 폐쇄된 형식으로 존재하게 된다. 여기에서 등장하는 개념이 '파편(Fragment)'이다. 미학자 김진수는 「낭만주의 미학과 예술론」에서 Fragment를 '단장(斷章)'으로 번역하며 이렇게 설명한다.

"자기제한적인 이 폐쇄된 작품의 형식이 바로 '낭만주의의 가장 모험적인 선취들 가운데 하나'인 단장(Fragment)이다. 일반적으로 생각하자면 단장이라는 형식은 불연속성과 단절을 의미함으로써 낭만주의가 추구하는 예술의 절대적인 일원성과 연속성을 파괴하는 '불완전한 형식'으로 보일 수도 있다. 그러나 낭만주의에 있어서 단장은 불완전한 형식이기는커녕 유일한 방식의 새로운 글쓰기로 간주된다. 그것은 '의사소통의 방해를 목적으로 하는 것이 아니라 의사소통의 절대화의(/를 위한; 이해를 돕기 위해 필자가 부기했다) 단편적 언어에 대한 추구'이다. 블랑쇼에 의하면, 단장에 대한 요청은 불연속성이나 차이를 그 자체 속에 받아들이면서 총체성을 배제하는 것이 아니라 그것을 넘어설 것을 요구한다."

'비 내리는 원동의 고려극장'은 상대적이며 우연한 파편이지 정보를 위해 존재하는 곳이 아니다. 그곳을 찾아가는 길은 어디에나 있고 어디에도 없다. 그러면서 '비 내리는 원동의 고려극장'은 절대화된다. 천명 된다. 박정대의 시에 서유럽의 예술가들이나 지명이 자주 나오는 것도 이런 절대성을 위한 파편화의 의지와 무관하지 않다. 어차피 위에서 박인환의 시에 대한 김수영의 토로를 변형했으니 김종삼에 대한 고종석의 얘기를 빌려 오자.

"그런데도 김종삼의 시가 박인환의 시에 견주어 덜 거북스럽게 읽히는 것은 그의 서양 취미가 박인환의 것보다 사뭇 익혀져 있는 듯 보이기 때문일 것이다. 기호에 대한 퍼스의 분류를 훔쳐 오자면, 박인환의 박래어들이 대체로 도상(icon)이나 지표(index)에 그친 데 비해, 김종삼의 박래어들은 드물지 않게 상징(symbol)에 이르렀다. 김종삼은 외국 이름이나 외래어들을 그려다 붙이며 제 교양이나 취향을 드러내는 데 그치지 않고, 거기 의지해 정서적 확장과 공명을 이뤄 내는 데 자주 성공했다. 말하자면 김종삼은 그 고유명사들을 장악하고 있었다."[*]

김종삼이 장악한 고유명사들은 확실히 그 구체성을 떠나 우리를 먼 데로 데려다 준다. '라산스카'가 뉴욕 출신의 소프라노 가수라는 걸 몰라도 그것은 어디같고, 누구같고, 무엇 같은 상태로 우리에게 전혀 의도하지 상상을 불러

---

[*] 고종석, 「시인공화국 풍경들-고종석의 詩集산책 (39) 金宗三의 『북 치는 소년』」, 《한국일보》(2005.11.29.)

일으킨다. 그것을 우리가 '경험하지 못한 추억(의 장소)'이라고 부를 수 있다면 박정대의 고유명사는 아직 시간이 개입하지 않은 '공간'에 가깝다. 박정대는 그 공간을 마치 음표처럼 늘어놓는다. 보들레르라는 이국 시인의 이름과 생자르역, 아덴호텔 같은 말들은 그냥 기악의 연주처럼 들어도 괜찮다. 그것은 김종삼처럼 무엇을 환기시키지 않는다. 그냥 물감 같기도 하다. 이 색 저 색으로 도배된 벽지 앞에서 우리가 무슨 의미를 읽겠다고 골머리를 싸 쥐겠는가? 사실 고종석의 저 글은 어느 날 시인 박용하가 문득 보내와서 읽은 구절이다. 그는 전화 메시지 말미에 "맞는 얘기지만 김종삼이 늘 그런 건 아니지.「엄마」라는 시의 한국어를 음미해 봐."라고 적었다. 그래서 찾아 읽었다.

아침엔 라면을 맛있게들 먹었지
엄만 장사를 잘할 줄 모르는 行商이란다

너희들 오늘도 나와 있구나 저물어 가는 山허리에

내일은 꼭 하나님의 은혜로
엄마의 지혜로 먹을 거랑 입을 거랑 가지고 오마.

엄만 죽지 않는 계단

—— 김종삼,「엄마」

박정대의 서정성도 꼭 유럽어에 기대는 것만은 아니다. 그의 공간은 좀 더 깊이 그의 고향에 가 있다. 단지 그는 고향도 외국처럼 여기는 버릇이 있을 뿐이다. 모두들 고향을 그리워할 때 타향을 고향처럼 생각하는 사람은 강한 사람이고, 고향도 타향처럼 생각하는 사람은 더 강한 사람이라고 했던가?

복사꽃 살구꽃은 모두 물 내음새 쪽으로 기울어져 있네

누군가 강원도 산골의 작은 강물에 술잔을 씻고

떨어져 내리는 꽃 이파리 곁에서 고요히 한 잔의 술을 치고 있네

그대 깊은 눈동자로부터 솟아나 지금 내 앞을 스치며 지나가는 한 줄기 강물을 무어라 부르랴

강물은 흘러서 하늘로 가고 하늘은 눈부시게 그대에게로 오는데

꽃 그림자 출렁이는 눈동자 속 강물을 어찌 사랑이라 부르지 않으랴

—「검결」에서

그는 고향에 대해서도 마주한 파업 상태에 있다. 우리는 종종 파업 상태에 있을 때 코카인에서 만난다. 약속도 없이 거기 가면 박정대가 심각한 얼굴로 앉아 있다. 사실 심각한 일은 없다. 그렇다고 심각하지 않은 건 아니다. 그냥

심각할 뿐이다. 그는 누군가와 얘기를 하고 있는데 마치 복화술을 하고 있는 것 같다. 입을 거의 열지 않고 말한다. 그가 말을 하고 있다는 것은 앞사람의 끄덕임으로 알 뿐이다. 그러다 우리는 합석을 한다. 그가 아주 느릿하게 말한다. 그에 맞춰 음악이 울린다. 추강이~, 시창이다. 「관산융마」다. 김월하다.

관산융마(關山戎馬)라 했지 쓸쓸한 말이겠거니 생각했다
서도의 노래라 했다 노래를 들으며 술을 마시고 있었는데
창밖에는 허공 가득 눈이 내리고 있었다
설마, 눈 위를 달리는 말이라!
썰매의 어원이라 했다 누구의 말인지는 모른다고 했다
시의 제목을 뭐라 할까 생각하다 그냥 관산융마라 했지
누가 뭐래도 관산융마라는 말이 좋아졌는데 왜 갑자기 그
말이 좋아졌는지는 나도 몰라
무엇이 왜 좋은지를 알고 싶은데 나는 잘 모른다
그래도 그게 좋고 그게 사랑스럽다
(……)
문득 고개 들어 바라본 천지사방 눈발이 날리고 있다
눈 위를 달리는 말이라 설마
누구의 말인지는 모른다고 했다
겨울 깊은 속으로 파묻혀 가는 희디흰 고독의 말
관산융마라 했다

쓸쓸한 오랑캐의 말이겠거니 생각했다

——「관산융마」에서

왜 좋은지 모르는 사랑스러운 말들에는 혁명이 있고, 망명이 있고, 음악이 있고, 삶이 있고, 철학이 있고, 시가 있다. 박정대의 낭만주의가 추구하는 이상적인 세계, 그 세계가 완벽할수록 더 불완전한 현실을 살기 위해 스스로를 제한하며 만들어지는 파편들, 그리고 거기서 절대화되는 언어가 낭만주의자 박정대의 면모다. 낭만주의는 문예사조라기보다 어쩌면 모든 예술을 마주하고 파업 중인 예술을 가리키는지도 모른다. 그것이 언어에 대해서도 그렇다면 한 시인은 끝없이 언어에 대해 도망가야 하는 처지에 놓일 것이다. 언어를 떠나는 것이 아니라 다른 언어, 다른 언어의 줄을 타고 허공에 떠서 곡예를 해야 하는 운명일 것이다. 그래서 계속되는 망명, 계속되는 혁명이 바뀐 줄마다의 끝에서 그를 허공에 내던질 것이고, 거기서 그는 다른 줄을 잡을 때까지만 행복하리라. 그러니 그런 시인에게 우리가 해 줄 수 있는 것은 무한한 자유를 주는 것뿐이다. 멋대로 살 자유를 줄 자격은 없으니 멋대로 시 쓸 자유를 줄 수밖에. 정대여, 너는 자유다! 너는 은근하고 이상한 단 하나의 책(Livre)이다.

지은이 　박정대

1965년 강원도 정선에서 태어나 1990년 《문학사상》으로 등단했다.
시집으로 『단편들』, 『내 청춘의 격렬비열도엔 아직도 음악 같은 눈이
내리지』, 『아무르 기타』, 『사랑과 열병의 화학적 근원』, 『삶이라는
직업』, 『모든 가능성의 거리』, 『체 게바라 만세』, 『그녀에서 영원까지』,
『불란서 고아의 지도』가 있다. 김달진문학상, 소월시문학상,
대산문학상을 수상했다.
오랑캐 이 강으로 영화 「베르데 공작과 다락방 친구들」, 「세잔의 산 세
잔의 술」, 「코케인 무한의 창가에서」 등의 각본을 쓰고 감독했다. 현재
'이절 아케이드 프로젝트'에 참여하고 있으며, 무가당 담배 클럽 동인,
인터내셔널 포에트리 급진 오랑캐 밴드 멤버로 활동 중이다.

라흐 뒤 프루콩 드 네주
말하자면 눈송이의 예술

1판 1쇄 찍음　2021년 11월 8일
1판 1쇄 펴냄　2021년 11월 19일

지은이　박정대
발행인　박근섭, 박상준
펴낸곳　㈜민음사

출판등록　1966. 5. 19. (제16-490호)
서울특별시 강남구 도산대로1길 62(신사동)
강남출판문화센터 5층 (06027)
대표전화 02-515-2000 / 팩시밀리 02-515-2007
www.minumsa.com

ⓒ 박정대, 2021. Printed in Seoul, Korea

ISBN 978-89-374-0913-4 04810
　　　978-89-374-0802-1 (세트)

• 잘못 만들어진 책은 구입처에서 교환해 드립니다.

민음의 시